JN079294

『ダフニスとクロエー』
の世界像

古代ギリシアの恋物語

中谷彩一郎

慶應義塾大学教養研究センター選書

はじめに

『ダフニスとクロエー』と聞いて、何を思い浮かべる
だろうか。上野の国立西洋美術館や山梨県立美術館が所
蔵するジャン＝フランソワ・ミレーの絵画、ピエール・
ボナールやマルク・シャガールによる挿絵、あるいは現
在では組曲版が演奏されることが多いモーリス・ラヴェ
ルのバレエ音楽のタイトルとして耳にしたことがあるか
もしれない。しかし、その題材となった物語が具体的に
どのようなものかを知っている人は案外少ないのではな
かろうか。

ロンゴス作と伝えられる『ダフニスとクロエー』は、
紀元後2世紀末〜3世紀初め頃に書かれた山羊飼いダ
フニスと羊飼いクロエーの牧歌的な恋物語である。ジャ
ン＝ジャック・ルソーが晩年にオペラ化を試みたり（未
完）、ゲーテが激賞したりするなど、近代ヨーロッパで
は隠れたベストセラーであった。日本でも三島由紀夫
『潮騒』の藍本として知られており、大正末期以降、邦
訳こそ数多く出ているものの、本格的な研究はほとんど
なかった。本書は、そんな『ダフニスとクロエー』の魅
力を、物語が展開される世界像に注目して明らかにしよ
うとするものである。一見、素朴で単純に見える物語が
いかに緻密に構成され、練り上げられたものであるか、
その奥深さを明らかにしたい。

目　次

周辺図

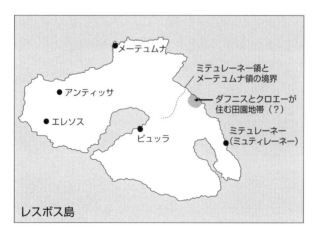

レスボス島

『ダフニスとクロエー』の主な登場人物

ダフニス	牝山羊に養われているのをラモーンに発見された山羊飼いの青年。
クロエー	牝羊に養われているのをドリュアースに発見された羊飼いの乙女。
ラモーン	ダフニスの養父。山羊飼い。
ミュルタレー	ラモーンの妻。ダフニスの養母。
ドリュアース	クロエーの養父。羊飼い。
ナペー	ドリュアースの妻。クロエーの養母。
ドルコーン	クロエーに横恋慕する牛飼いの青年。
フィレータース	牧人の長老。末息子はティーテュロス。
メーテュムナの若者たち	ダフニスとクロエーの住む田園地帯に遊びに来た若者たち。
ブリュアクシス	メーテュムナ軍の司令官。
リュカイニオン	初老の自作農クロミスに街から嫁いで来た若くて美しい女性。
ディオニューソファネース	ダフニスの住む田園地帯を所有するミテュレーネーの裕福な市民。
クレアリステー	ディオニューソファネースの妻。
アステュロス	ディオニューソファネースとクレアリステーの息子。
エウドロモス	ディオニューソファネースの伝令。
グナトーン	ディオニューソファネース家の食客。
ランピス	クロエーに求婚する牛飼いの青年。
メガクレース	ミテュレーネーの裕福な市民。妻はロデー。

第1章　『ダフニスとクロエー』とは？

時代背景

　『ダフニスとクロエー』は、古代ギリシア恋愛小説と現在ではまとめられる恋物語群の一つとして知られている。古代ギリシア恋愛小説という言葉には、ややミスリーディングなところがあり、実際には紀元後1〜4世紀頃のローマ帝政下のギリシア語圏（それも西アジアやエジプト）において、散文で書かれた一連の恋物語を指す。現存する作品としては他にカリトーンの『カイレアースとカッリロエー』（1世紀頃）、エフェソスのクセノフォーンの『エフェソス物語』（1〜2世紀頃）、アキレウス・タティオスの『レウキッペーとクレイトフォーン』（2世紀末頃）、ヘーリオドーロスの『エティオピア物語』（4世紀頃）が知られている。

　この時代には、紀元前5〜4世紀頃の古代ギリシアの古典期に活躍した修辞学・弁論術教師であるソフィストたちの活動を復興し、アテーナイのプラトーンやデーモステネースらに代表されるアッティカ散文に立ち帰ろうとする第二次ソフィスト思潮が盛んになった。ローマ帝政下のソフィストたちは専門職として定着し、帝国の教育、文化、政治に大きな影響力を持っていた。弁論術

の中心はもはや裁判や政治の場ではなく、多くの聴衆の心を捉えるために技巧を駆使した演示としての弁論となる。即興性も求められ、ギリシア古典への深い造詣と正確な記憶力も必要だった。このような時代に盛んになった古代ギリシア恋愛小説は、様々な修辞技法を駆使し、ホメーロス以来の先行する古典作品へのアリュージョンもしばしば見られる。

舞台設定

　古代ギリシア恋愛小説は、『レウキッペーとクレイトフォーン』や『エティオピア物語』のように、地中海世界を股にかけた波瀾万丈の恋と冒険の物語であることが多い。しかし、『ダフニスとクロエー』の舞台は、レスボス島の都市ミテュレーネー[1]の近郊に限定される。それは『ダフニスとクロエー』がヘレニズム時代に生まれた牧歌の影響を受けていることも大きい。物語中に現れるレスボス島の地勢については、研究者の間でも実際の島の様子を描写しているという考えと、文学的伝統に沿った虚構の理想的世界を描いているにすぎないという意見に分かれる。たしかにレスボス島は伝説上の詩人オルフェウスやアリーオーン、サッフォー、アルカイオスといった詩や音楽の伝統と密接に結びつく土地柄であり、『ダフニスとクロエー』にもその伝統は色濃く現れ、随

---

1) より正確な綴りはミュティレーネーだが、本書ではロンゴスの主要写本や碑文にも見られるこの表記に統一する。

所に過去の詩作品からの引喩が散りばめられている。たとえば、第2巻と第4巻に登場するフィレータースの庭（2.3 ff.）[2]とディオニューソファネースの庭園（4.2 ff.）の植物の多くがホメーロスの『オデュッセイア』（前8世紀頃）第7歌112行以下のアルキノオス王の果樹園と共通しており、その他の自然描写にもテオクリトスの『牧歌』（前3世紀）やサッフォーの詩（前7世紀末頃）などがパラフレーズされていることが指摘されている（詳細は後述する）。さらに物語で重要な役割を果たす牧人の長老フィレータースの名前は、ヘレニズム時代の学匠詩人の走りであるコース島のフィレータース（あるいはフィリタース）に由来するのはほぼ間違いなく、断片しか残っていない今日では確かめようがないが、彼の失われた詩の換骨奪胎も本文中には数多く含まれているのではないかと推測される。このように『ダフニスとクロエー』の自然描写の多くが古代ギリシアの文学的伝統に負っているのは確かだが、果たしてそれだけだろうか。

　序文を見ると、語り手がレスボス島で狩りをした折に、ニンフの森で見た絵を物語にしたという体裁を取っている。絵が奉納されているのは、物語中で幼いクロエーが発見されるニンフの洞窟（1.4.1-3）だと考えられるが、ホメーロスの『オデュッセイア』第13歌のイタケー島

2）『ダフニスとクロエー』をはじめとする散文作品の参照数字は、1.1.1なら第1巻1章1節の意。該当範囲が長い場合には2.15ff.（第2巻15章以下）のように巻と章だけを示すこともある。また pr. は序文（praefatio）の意。

やテオクリトスの『牧歌』第7歌のコース島にもニンフの洞窟や清らかな水が描かれているとはいえ、物語中に描かれる大きな岩の中央にある洞窟の入口や中から噴き出す泉、洞窟前の牧草地、三体のニンフ像といった詳細は『ダフニスとクロエー』独自のものである。レスボス島には現在も70以上の洞窟があり、恋物語の記述が実際に目にした者でなければ知りえなかった情報に基づく可能性は十分にある。また、具体的な距離がしばしば言及される点をロンゴスが現実を描いている証左として、物語の舞台を同定しようとする研究もある。ただこの点に関しては『ダフニスとクロエー』で表される距離が10の倍数ばかりだということから、地理的な正確さを表すというよりはむしろ具体的な数字を示すことで、本当らしさを出していると言った方がいいのではないかと思われる。他方、第1巻冒頭の、

　　　　レスボスのミテュレーネーは大きくて美しい都市である。というのも、海が流れ込む海峡で区切られ、磨いた白大理石の橋で整えられているからだ。あなたは都市ではなく島を見ていると思うだろう（1.1.1[3]）。

というレスボス島の描写には、ストラボーンの『地理

3）引用はすべて拙訳（底本は巻末の文献案内にある J.R. Morgan のテクスト）。

誌』（前1世紀）13.2.2で触れられている（古代には存在した）小島の存在と街の美しさや、パウサニアースの『ギリシア案内記』（2世紀）8.30.2で述べられるミテュレーネーの街を小島と二つに分ける海峡が、いっそう詳しく描かれているだけでなく、これらの文献にも記されていない橋の存在まで教えてくれる。これは実際に島をよく知るからこそできた描写だと考えられる。

　中世写本に残された作者名として以外、何も知られていないロンゴスだが、ロングスというローマ人名のギリシア語表記である。実際、レスボス島の碑文にはポンペイユス・ロングス家というミテュレーネーの有力者の名前が見られることから、恋物語作者もレスボス島に縁のある人物である可能性は高い。ポンペイユス・ロングス家は、大ポンペイユス（前106年～前48年）によってローマ市民権を与えられたギリシア系レスボス人だと考えられる。前1世紀の碑文にはミテュレーネーの神官を務めたアウルス・ポンペイユス・ロングス・ディオニューソドールスと読める人名が登場する。ディオニューソドールスという名前からはディオニューソス神との関わりが連想され、物語中のダフニスの実父の名前であるディオニューソファネースやその庭園に祀られたディオニューソスの祠と通じることから、やはり作者ロンゴスとこの一家、ひいてはレスボス島との何らかの関係を示唆していると言えるだろう。後2世紀にはローマ近郊にいたレスボス島出身のディオニューソスの女神官ポン

ペイア・アグリッピニッラの存在も知られており、やはり同じ家の出身だと考えられる。すなわち、『ダフニスとクロエー』には、作者ロンゴスが知る実際のレスボス島の情景とホメーロス以来の文学的伝統が融合された特別なレスボス島像が表現されており、現実と理想があいまった独自の景観を醸し出しているのである。

序文の絵

　『ダフニスとクロエー』の冒頭には恋物語そのものとは分離する形で序文が置かれている。それによると、

　　　レスボスで狩りをしている時に、ニンフの森で私はこれまで見た中で最も美しい光景を目にした。描かれた絵、恋の物語を。樹木が生い茂り、花盛りで、水の溢れる森もたしかに美しかった。一つの泉がすべてを養っていた。花々も木々も。しかしその絵はいっそう楽しませるもので、卓越した技と愛の巡り合わせを備えていた（pr.1）。

まず語り手が狩りをしていたニンフの森自体が、豊かな木々や花々、清冽な水など、エルンスト・ローベルト・クルツィウスが『ヨーロッパ文学とラテン中世』（1948）の中で分析した専門用語で locus amoenus（心地良い場所）と呼ばれる理想的な景観を持っている。しかしそれ以上に美しかったのが奉納されている絵で、島内外から

14

多くの人が見物に訪れていた。

　　その絵には、子を産む女たちや産衣（うぶぎ）をまとわせる他の女たち、捨てられた赤子たち、養い育てる家畜の群れ、拾い上げる牧人たち、誓い合う若者たち、海賊の急襲、敵軍の侵入、その他多くのすべて愛の物語が描かれていた（pr.2）。

　この絵に感動した語り手は絵の解説者を探し出して、4巻の書物を「苦労して作り上げた（エクセポネーサメーン）」（ἐξεπονησάμην）と言う。ここで注目したいのは古代ギリシア・ローマ文学に見られるエクフラシスと呼ばれる技法である。ローマ帝政期の『修辞学初等教程（プロギュムナスマタ）』に見られる本来の修辞学用語としては、人物や出来事、時候や場所、動植物など明らかにされるべき対象を「眼下にはっきりと思い浮かべさせる」技法のことだが[4]、今日ではもっと狭い意味の専門用語として、現実には制作不可能なほど細かな表現を有する架空の造形藝術作品の言葉による描写を指すことが多い。これもホメーロスの『イーリアス』（前8世紀頃）第18歌478行以下の「アキレウスの盾」の描写以来つづく古代ギリシア文学の伝統的な手法である。言いかえると、『ダフニスとクロエー』は、藝術作品の精緻な描写という意味でのエクフラシスを物語全体に拡大し

──────────
4）この意味でのエクフラシスも『ダフニスとクロエー』の中ではふんだんに用いられている。

たものとも言えるのである。最後に語り手は、

　　そこで私はこの絵の解説者を探し出して、4巻の書
　　物を苦労して作り上げた。すなわちエロースとニン
　　フ[5]たちとパーン[6]への捧げ物を。また、すべて
　　の人にとって楽しい財産を。それは病む者を癒し、
　　悩む者を慰め、恋をしたことがある者には思い出さ
　　せ、恋をしたことがない者にはあらかじめ教えるだ
　　ろう。というのも確かに誰もエロースから逃れた者
　　はいなかったし、これからもいないだろうから。美し
　　さというものがあって眼が見えるかぎりは(pr.3‑4)。

と述べる。これはトゥーキューディデース（前5世紀）
がその『歴史』で述べるマニフェストに範をとっている
ことが指摘されている。

　　そして本書の物語的ではないことが、おそらく聴い
　　てもあまり楽しみのないものに思われるかもしれな
　　い。しかし、起こったことについて、また人間の性（さが）
　　ゆえに、いつかまた同じように、あるいはとても似
　　たものとして起こるだろうことについて、確かなこ
　　とを考察しようと望む人々がこれを役に立つと判断

———————
5）山川草木などの精。
6）牧人と家畜の神。上半身が毛深い人間で角を生やし、下半身が山羊
　の姿。図2も参照。

16

してくれるなら十分であろう。これはその場限りで
聴くための賞を競う作品というよりもむしろ、永遠
の財産として執筆された（1.22.4）。

どちらも人間が変わらない限り、人々の手引きとなるこ
とを示す一方で、トゥーキューディデースが自らの記録
を物語的ではなく楽しみがないと語るのとは対照的に、
ロンゴスは自らの作品を楽しい物語として位置付けてい
る点に特徴がある。では、いよいよ物語の中へ入ってい
くことにしよう。

第2章　前日譚・一年目の春〜夏（第1巻）

前日譚

　第1巻冒頭ではまず、すでに述べたミテュレーネーの街の描写のあと、**前日譚**が語られる。ミテュレーネーのある裕福な市民の所有地である郊外の海に面した田園地帯を舞台に物語は展開する。

> 獣を養う山々や小麦を実らせる平野、葡萄の植えられた丘、家畜の群れの牧草地があり、そして海が長く延びる海岸の柔らかい砂に打ち寄せている（1.1.2）。

ある日、牝山羊に養われている男児が形見の品々と共に山羊飼いラモーンに発見され、ダフニスと名付けられる。その二年後に今度は羊飼いドリュアースが、形見の品の傍で牝羊に養われている女児をニンフの洞窟で発見し、クロエーと名付けて育てることになる（図1）。これが序文で絵が奉納されていたニンフの森の洞窟である。ダフニスという名は牧人の祖と言われる神話上の人物に因んでおり、クロエーはギリシア語で「新芽」の意で、豊穣の女神デーメーテールの異称でもあることから、どち

図1　ダフニスとクロエーの発見

出典：Longus（de Marcassus 訳）, *Daphnis et Chloé.* Paris: Toussainct du
　　　Bray, 1626.
第1巻の挿絵。手前が牝羊に養われるクロエー、背後に牝山羊に養われ
るダフニス。また、上方には第1巻後半の牛飼いドルコーンの死と海賊
からのダフニスの救出が描かれている。

らも牧人にふさわしい名前である。二人はすくすくと成長していくが、立派な形見の品が示す出自を体現するかのように「田園生活より優る美しさが二人には見られた」(1.7.1)。将来のために養い親たちも大切に育て「読み書きや田園生活では洗練されていると思われるあらゆることを教えていた」(1.8.1)。

　ところが、二人が15歳と13歳になったある夜、養父たちは同じ夢を見る。クロエーが発見された洞窟のニンフたちが、ダフニスとクロエーを翼を持つ美しい少年に託し、少年が一本の矢で二人に触れると、男の子には山羊の群れを、女の子には羊の群れを世話するようにと命じたのである。彼が愛の神エロースであることは読者には明らかだが、注目すべきは養父たちが「その名を言うことができなかった」(1.8.2) と記されていることである。エロースの名を知っているかどうかは物語の展開の中でも一つの大きなテーマとなってくる。こうして養父たちは話し合って牧人としてのイロハを子どもたちに教え、ダフニスとクロエーはそれぞれ山羊飼い、羊飼いとして生活することになる。レスボス島に限定される舞台設定もそうだが、他の古代ギリシア恋愛小説との大きな違いの一つは、他の作品では主人公たちが一目惚れで恋に落ちるのに対し、『ダフニスとクロエー』では、恋の芽生えから進展、成就（結婚）までが季節の移り変わりと共に少しずつ語られていく、言いかえれば恋の進展そのものが冒険になっている点である。それでは、季節

の巡りに合わせて二人の恋の行方を見ていくことにしたい。

一年目の春（1.9-22）：恋の芽生え

『ダフニスとクロエー』における四季の変遷は、多くの場合、季節の描写によって始まっている。

> 春の初めになって茂みにも牧草地にも山にもあらゆる花が咲き乱れた。すでに蜜蜂たちの唸り声も歌好きの鳥たちの囀り（さえず）りも、生まれたての羊たちの跳ねる姿もあった。羊たちは山で跳ね、蜜蜂たちは牧草地で唸り、鳥たちは茂みで歌っていた（1.9.1）。

花が咲いている場所が茂み、牧草地、山の順に述べられるのに対し、羊、蜜蜂、鳥の活動の場は山、牧草地、茂みと逆の順番で述べられ、いわゆる交差法（キアスムス）のような表現になっている。ここでは蜜蜂と鳥と羊の描写が繰り返されるが、羊、蜜蜂、鳥と述べる順序を入れ替えることで広がりを持たせ、一度目は名詞（唸り声、囀り、跳ねる姿）、二度目には動詞（跳ね、唸り、歌っていた）を用いることで静から動へ転換した結果、春が活気づいていく様が生き生きと表現される。さらに、ダフニスとクロエーと絡めて三度目の描写が現れる。

> 若者たちは聞くものや見るものの模倣者となるのだ

った。鳥たちが歌うのを聞けば歌い、羊たちが跳ねるのを見れば軽く跳び、蜜蜂たちをまねて花を集めて懐へ入れた（1.9.2）。

またも順序を変えて（鳥、羊、蜜蜂）、今度はダフニスとクロエーの模倣する対象として自然界の生き物たちが描かれている。まねることで、自然が二人に様々なことを教える役割を果たしているのである。自然はただ二人のまわりにある環境というよりも、もっと積極的な役割を担っているのだ。遊びにおいてもそうである。クロエーはツルボラン[7]の茎を使ってイナゴを採るワナを編み（1.10.2）、ダフニスは細い葦を切って節々に穴を開け、柔らかい蜜蠟で繋げて 葦 笛（図２）を作る。このように、二人の活動は自然界に存在するものを使って営まれている。

　そんな幼馴染の二人に変化が訪れる。「エロースがこのような真剣なことを企んだ」（1.11.1）とあるように、 恋 の始まりである。仔の餌として近隣の羊や山羊を奪っていく牝狼を捕えるために仕掛けられた落とし穴に、山羊とダフニスが誤って落ちてしまう事故があり、クロエーは近くにいた牛飼いに助けを求めて引き上げてもらう。ダフニスに怪我はなかったものの、土や泥で汚れた身体を洗い流すために、ニンフの洞窟で水浴びをするこ

7）ギリシア語でアスフォデロス。地中海沿岸原産のススキノキ科ツルボラン亜科の単子葉植物。

図2　パーンとダフニス（前 100 年頃）
ナポリ国立考古学博物館（Wikimedia Commons より）
シューリンクスと呼ばれる葦笛を牧神パーンがダフニスに教えていると
ころ。なお、この彫刻のダフニスは本作の主人公の名前の由来となった
伝説上の牧人。

とになる（場所柄、ニンフたちの導きも感じられる）。その時初めてクロエーはダフニスの美しさに気づくのである。

> 眺めているクロエーにはダフニスが美しく思われた。その時初めて彼女には美しいと思われたので、その美しさの原因は沐浴（もくよく）であると考えた。そして背中を洗い流している時にも柔らかい肌がへこむので、クロエーはダフニスの方がしなやかではないかと試しては、こっそり何度も自分に触れてみるのだった（1.13.2）。

当初クロエーはダフニスの美しさの原因が沐浴だと考え、密かに肌の柔らかさを自分と比べてみる様が微笑ましい。翌日になるとクロエーは、ダフニスの葦笛（シューリンクス）の音に聞き惚れ、彼の美しさを今度は音楽のせいだと考える。そして「ひょっとしたら自分も美しくなるかと思って彼のあとに彼女も葦笛（シューリンクス）を手に取った」（1.13.4）。再び沐浴を勧め、ダフニスが水を浴びている姿を見て身体に触れ、その美しさを褒める。「この賛嘆が恋（エロース）の始まりだった」（1.13.5）。2 歳年下のクロエーの方が先に恋に目覚める点は、現実世界でも女の子の方が男の子よりも早熟であることが反映されているようで興味深い。つづいて、クロエーに恋煩い（こいわずら）の症状が現れる。

> 田園で育って他人が恋（エロース）という言葉を言うのも聞い

たことがない若い娘には、自分が何を感じているの
かわからなかった。厭わしさが彼女の心を捉え、目
も言うことをきかず、何度もダフニスの名を口にし
ていた。食事も疎かになり、夜も眠れず、家畜の群
れも軽んじるようになった。笑ったかと思うと泣き
出す。寝ていたかと思うと跳び起きる。青ざめてい
た顔の色がまた真っ赤に燃え上がる。虻に刺された
牛でさえ、これほどの苦しみではなかったろう
（1.13.5-6）。

クロエー本人は恋という言葉もまだ知らないまま、相
手の名を繰り返し、食欲も失せ、睡眠不足になる。恋の
ために家畜の世話が疎かになるのは、テオクリトスの
『牧歌』にも度々現れるモチーフで、たとえば第11歌
では一つ目巨人のポリュフェーモスが海の精ガラテイ
アへの恋のため、羊たちの世話もしなくなる。牛を襲う
虻に恋の痛みをなぞらえる比喩は、同じくヘレニズム時
代のアポローニオス・ロディオスの『アルゴナウティ
カ』（前3世紀）第3歌276-277行で、イアソーンに恋
をしたコルキスの王女メーデイアの描写にも見られる。
自分に何が起こったのかわからないまま、クロエーはこ
う独りごちる。

「いま私は病気なのだけど、どんな病気かわからな
い。痛みを感じるけれど、私には傷はない。悲しい

けれど、羊は一頭も失っていないわ。こんなに涼しい木蔭に座っているのに、身体が熱い。何度もキイチゴの棘（とげ）が引っ掻いても私は泣かなかった。蜜蜂に針を刺されたことも何度もあったけれど、叫ばなかった。だけど私の胸を刺すこの痛みは、そんなのよりもずっと鋭いわ。ダフニスはたしかに綺麗だけれど、花もそうだし、あの人の葦笛（シューリンクス）は美しい音色を奏（かな）でるけれど、ナイチンゲールもそうだわ。だけど、私にはどうでもいいものばかり。私に息を吹き込んでくれるようにあの人の葦笛になれたら。あの人に飼われるように山羊になれたら」（1.14.1-3）。

彼女は恋の症状を病気ではないかと疑う（たしかに恋煩いではあるが）。ここでは胸の痛みをキイチゴの棘や蜜蜂に刺された時と、ダフニスの美しさを花と、彼の葦笛の音色をナイチンゲールの鳴き声と比べている。クロエーの言葉に登場する比較の事例は、すべて自分の周囲にある自然から来ていることがわかる。しかし、それだけでは飽き足らず、自らがダフニスの葦笛や山羊になりたいとまで言う。恋する者の欲望の発露である。本能では何かを感じていても、それが何なのかがわからないのだ。

　ダフニスの恋の目覚めもすぐにやって来る。彼を落とし穴から救ってくれた牛飼いドルコーンはクロエーに恋をして、ダフニスとどちらが美男子か、勝者への褒賞としてクロエーの口づけを賭けて弁論合戦をすることにな

る（1.15 ff.）。古代ギリシア恋愛小説は第二次ソフィスト思潮の時代に盛んになったと先に述べたが、ソフィストたちの生業である弁論を田園の場に移し変えたわけである。二人の弁論は対称的に語られる。構成としてはどちらもまず自らを褒め、相手を貶し、最後は家畜の乳で育てられたことに触れて閉じられる。ドルコーンは自分が背の高い牛飼いで山羊飼いのダフニスに優ること、色白で赤毛であること、人間の母親に育てられたことを自慢し、ダフニスは背が低くて女のように髭がなく、色黒で山羊臭く貧乏で、牝山羊に育てられたから仔山羊と違わないと馬鹿にする。ダフニスの反論はこうである。

　　僕を山羊がゼウス様のように育てた。この人の牛よりも大きな山羊を僕は飼っているぞ。それに僕は山羊の臭いなんかまったくしない。パーン様だってもっと山羊の姿をしているのに臭わないのだから。僕にはチーズも串焼きのパンも白葡萄酒も田園の金持ちが持っているものは十分にある。髭はないけど、ディオニューソス様もそうだ。黒いけれど、ヒュアキントスだってそうだ。だけど、ディオニューソス様はサテュロス[8]たちよりも、ヒュアキントスは百合よりも優っている。この人は狐のように赤毛だし、山羊のように髭があって町住まいの女のように

───────
8) 半人半獣の姿をした好色な山野の精で、ディオニューソスの従者。

色白だ。もし君がキスしなければならなくなっても、僕の唇にはキスできるけれど、この人には顎髭にしなければならないよ。それから娘さん、忘れないでね。あなたを羊が育てたけれど、あなたは美しいということをね（1.16.3–5）。

ダフニスは自らをゼウスやパーン、ディオニューソスといった神々になぞらえることで、ドルコーンに貶された点に一つ一つ反駁する。家畜に養われた点に関しては裁定者でもあるクロエー自身が羊の乳で育てられた例を出して反駁すると、クロエーは我慢できずに、「褒められたのも嬉しいが、前からダフニスにキスしたいと強く願っていたこともあって」（1.17.1）、跳び上がってダフニスに口づけする。その途端、ダフニスにも恋の兆しが現れる。

　　ダフニスの方は口づけされたのではなく咬まれたかのように、すぐに不機嫌になって、何度も寒けがする。どきどきする胸を抑えられず、クロエーを見たいと思うものの、見れば真っ赤になるのだった。この時初めてダフニスはクロエーの髪がブロンドであることや牛のように目が大きいこと、顔が山羊の乳よりも本当に白いことに目を見張った（1.17.2–3）。

胸の高鳴りや赤面など恋の兆候と共に、やはり初めて幼

馴染のクロエーの美しさに驚くのは先のクロエーの場合と対をなしている。ここでもダフニスの目から見たクロエーの容姿は牛や山羊などまわりの動物に喩えられる。今度はダフニスにも恋煩いの症状が現れる。

> 以前はコオロギよりもおしゃべりだった彼が無口になり、山羊よりも活発に動き回っていたのが何もしなくなった。山羊の群れもなおざりにされ、葦笛《シューリンクス》も捨て置かれ、顔は夏草よりも青ざめた（1.17.4）。

やはりダフニスの姿はコオロギや山羊など周りの自然に喩えられ、家畜の世話ばかりか、葦笛を吹くことさえ放棄してしまう。つづく独白もクロエーのものと好対称である。

> 「一体、あのクロエーの口づけは僕をどうしてしまったんだろう。彼女の唇は薔薇よりも柔らかいし、口は蜂の巣よりも甘いのに、その口づけが蜜蜂の針より痛いとは。何度も僕は仔山羊に口づけしたし、何度も生まれたての仔犬やドルコーンがくれた仔牛にもキスした。しかしこんなキスは今までになかった。息は弾むし、胸は高鳴り、心も消えてなくなるのだが、それなのにまたキスしたいと思う。ああ、なんと悪い勝利だろう。ああ、なんと変わった病気だろう。その名前がわからないとは（中略）」初め

て恋（エロース）の業（わざ）と言葉を味わって、愛すべきダフニスは
こんな風に苦しみ、口走っていた（1.18.1‐1.19.1）。

クロエーと同じく恋を病気とみなしているが、クロエー
の唇の柔らかさを薔薇と、口の甘さを蜜蜂の巣と、口づ
けの痛みを蜜蜂の針と、またキスの経験については仔山
羊や仔犬、仔牛にした時と比べ、やはり自然界の比喩を
用いている。ただ、クロエーの独白ではダフニスと動植
物の同等比較だったのに対し、ダフニスの場合はクロエ
ーの方が優っているとする優等比較である。また、クロ
エーがダフニスの吹く葦笛（シューリンクス）の音もナイチンゲールの
鳴き声もどちらも美しいと言うのに対して、ダフニスは
ナイチンゲールは歌っているのに、自分の葦笛は黙って
いると語り、対照的である。
　このように恋（エロース）に目覚めた二人の独白からも、二人に
とって自然こそが知識の源であることがわかる。自然の
中で経験したことを新たな体験と比べることで、それが
何かを探っていく。しかし、恋（エロース）については結局、自然
からは学ぶことができず、一人で思い悩むだけである。
自然は多くのことを教えてくれるとはいえ、すべてを教
えてくれるわけではないのだ。ここでは二人がまだ恋（エロース）
という言葉すら知らない点がポイントである。それは養
父たちが夢に出て来た翼を持つ少年がエロースであるこ
とを知らなかったことにも通じ、「恋（エロース）という名もその業（わざ）
も知っている」（1.15.1）ことが強調されるドルコーンと

対比される。

　また、この田園は決して理想郷ではなく、危険が潜んだ世界でもある。上述した落とし穴を作るきっかけになった田園を荒らす牝狼の話（1.11.1）は、野生が田園生活を脅かす一例である。だが、注目すべきはダフニスとクロエーの家畜には何の被害も起きていないことである。ダフニスが落とし穴から救出され、戻ってきた二人が羊と山羊の群れを調べても別状はなく（1.12.5）、第4巻でもダフニスは自らの山羊を「狼は一匹も攫わなかった」と述べている（4.4.3）。ダフニスとクロエーの家畜だけは**なんらかの理由で**外敵から保護されていることがわかる。

　さらに新たな危険として、クロエーに横恋慕している牛飼いのドルコーンが狼皮を被って泉の近くで待ち伏せし、力ずくで陵辱しようとする場面がある（1.20-21）。

> 　泉はまったくの窪地にあって、まわり一面、茨やキイチゴ、丈の低い杜松、アザミが生い茂っていた。ここならば本物の狼でも容易に気づかれずに待ち伏せていられそうな所である（1.20.3）。

ドルコーンが隠れる窪地に野生の草が茫々と生えている様はいかにも現実にありそうな情景である。クロエーが家畜の群れを連れて泉にやって来ると、牧羊犬たちが狼皮の臭いに気づいて隠れていたドルコーンに襲いかかり、

クロエーはことなきを得る。しかもダフニスとクロエーは「恋のなす無謀な業(わざ)について未経験なので」(1.21.5)、ただふざけたのだと思って牛飼いを介抱してやるのである。ここでも二人の純真無垢さが強調されるが、ドルコーンがクロエーをレイプしようとした企てを知る読者からすれば、危険と紙一重である。1.28.2 にはクロエーが少女なので傲岸(ごうがん)な羊飼いたちを怖がって羊を連れ出す時間が遅れたことが記されていることから、男の羊飼いたちに危険を感じて避けることはあっても、自分が性的な対象になってしまう危険性についてはクロエーはまったく無知なままであり、自然はそこまでは教えてくれないのだ。他方、二人は

> 会えば嬉しいが、離れれば辛い。何かしたいと思うのだが、何がしたいのかわからない。ただわかっているのは、ダフニスをクロエーのキスが、クロエーをダフニスの水浴が苦しめているということだけであった(1.22.4)。

という状態で、恋というものに落ちたこともわからぬまま、春が過ぎ去っていく。

一年目の夏 (1.23-27):燃え上がる恋

初夏になってあらゆるものが盛りを迎え、木々に果実が熟れ、野に穀物が実るようになると、二人の恋もさら

に燃え上がる。

　　快いのは蟬の声、甘いのは果実の香り、楽しげな
　　のは羊たちの啼き声（1.23.1）。

蟬と果実と羊のことがまったく同じ構文で並んで語られ
（原文では「〜である」に当たる動詞は省略され、形容詞の
主格＋名詞の属格（〜の）＋名詞の主格という語順）、しか
も末尾がすべて「エー」という音で終わり、散文であり
ながら詩のようにリズミカルに書かれている。これはテ
オクリトスの『牧歌』の詩句をパラフレーズしたもので
ある。

　　第16歌94-96行：蟬が真昼の牧人たちを見張り
　　ながら木の枝高くで鳴いている間
　　第7歌143行：すべてがまさに豊穣の夏の香りがし、
　　果実の夏の香りがした。
　　第16歌73行：（羊が）野原中で啼いている。

ロンゴスはテオクリトスの三箇所の表現を凝縮し、三つ
の動詞（鳴く、香る、啼く）を名詞（声、香り、啼き声）
に変えることで独自の構成に転化した、創造的な模倣だ
と言える。つづく描写では、

　　穏やかに流れる川は歌うかのようで、松に吹く風は

葦笛を吹くかのようだ。林檎の実は恋して地面
へ落ち、太陽は美しいものに憧れてみなの衣を脱が
せるかのようである（1.23.2）。

川のせせらぎや風の音が人の奏でる音色であるかのよう
に擬人的に表現され、林檎や太陽までダフニスとクロエ
ーと同様、恋に落ちたかのように描かれる。こうした自
然の姿に煽られ、身も（心も）火照ったダフニスは川へ
入る。クロエーの方は羊や山羊の乳を固めているが、蠅
が邪魔をして時間がかかる。ダフニスとクロエーにとっ
て労働は苦痛ではなく、むしろ楽しみなくらいだが、こ
の場面は蠅が仕事を妨げる点で稀な例である。

　そして正午が来ると、今や二人の眼は囚われた。ク
ロエーの方は裸のダフニスを見てその美しさに見惚
れ、彼のどの部分にも難のつけようがなくて心もと
ろけるし、ダフニスの方も仔鹿の皮を着て松の冠を
被り、鉢を差し出すクロエーをあの洞穴のニンフの
一人と見まごうのだった。ダフニスはクロエーの
頭から松の冠を外し、まず口づけをしてから自分で
それを被る。クロエーはダフニスが水浴びをするた
めに脱いだ衣服を、彼女もまず口づけをしてから着
てみるのだった（1.24.1-2）。

正午は物語の中で何かが起こる神秘的で特別な時間であ

る。二人はお互いから目を離せなくなり、さらに相手が身につけていたものにキスをして自らまとってみるのは、相手と一体になりたいという願望を表している。ある時には林檎を投げ合いもするが（1.24.3）、たとえばテオクリトスの『牧歌』第5歌88行に「クレアリスターは林檎を山羊飼いに投げて」とあるように[9]、ダフニスとクロエーに自覚はないものの、林檎を投げる行為は古代の恋愛文学において求愛のしるしでもある。

夏にも自然からの喩えが見られる。クロエーはダフニスの髪が黒いのを銀梅花（ギンバイカ）の実に喩え、ダフニスはクロエーの顔が白く、いくらか赤みを帯びているのを林檎に喩える（1.24.3）。銀梅花と林檎が共に愛の女神アフロディーテーと関わりが深い愛を象徴する植物であることも二人の関係を暗示している。さらに、

> ダフニスはクロエーに葦笛（シューリンクス）の吹き方を教えもした。クロエーが吹き始めると葦笛を取り上げて、葦を自ら唇に走らせる。そして間違いを直すふりをして、うまく葦笛を通してクロエーに口づけをしたのだった（1.24.4）。

ダフニスは葦笛（シューリンクス）の吹き方を教えるふりをして、実際

9）なお、クレアリステー（クレアリスターはドーリス方言形）は第4巻でダフニスの実の母親の名前として使われている。テオクリトスの『牧歌』第6歌6～7行にも海のニンフ、ガラテイアが一つ目巨人ポリュフェーモスの羊の群れに林檎を投げて気を引く場面がある。

図3　クロエーに笛を教えるダフニス

出典：Longus（Paul-Louis Courier 訳），*Daphnis & Chloé, Compositions de Raphaël Collin, Eaux-fortes de Champollion*. Paris: Editions Jules Tallandier. 1890.
この挿絵では本文の　葦 笛 ではなく、アウロスと呼ばれる古代の二本管。

にはクロエーといわば間接キスをするわけである（図3）。

　ある日のやはり正午、ダフニスが葦笛（シューリンクス）を吹いていると、クロエーがうたた寝をする（1.25.1）。テオクリトスの『牧歌』第1歌12-18行には、テュルシスが山羊飼いに葦笛を吹くように頼むが、狩りに疲れて休んでいる牧神パーンを怒らせるのが怖いので、正午に笛は吹かないと断わられる場面がある。ここではテオクリトスとは逆に、同じく山羊飼いのダフニスが正午に葦笛を吹くことで、あとにつづく出来事を誘発しているとも言えよう。眠っているクロエーを見守るダフニスの独白（1.25）では、クロエーの眠っている眼や息遣いを林檎や梨の実と比べるが、いまだ恋という言葉を知らないダフニスは、口づけを採れたての蜂蜜のように気を狂わせると表現し、怖くてキスすらできない。特に蜂蜜は、クロエーが恋による胸の痛みを蜜蜂に刺された時と比べ（1.14）、ダフニスがキスの痛みを蜜蜂の針と比べた（1.18）のと同じ発想である。ここでもダフニスの考えは自然に立脚していることがわかる。蟬のかしましさがクロエーの眠りを妨げるのではないかと心配していると、燕に追われた蟬が眠っているクロエーの懐に逃げ込んでくる。

　　追って来た燕は蟬を捕らえることはできなかったが、クロエーのすぐ近くまで迫って来たので、その翼がクロエーの頰に触れた。クロエーは何が起こったのかわからぬまま大声で叫んでまどろみから跳び起き

た。そしてまだ近くを飛んでいる燕と怖がったのを笑っているダフニスを見ると、怖さはなくなったものの、まだ眠そうに目をこすっていた。すると蟬がまるで救助の御礼を言う嘆願者のように懐から鳴き出した。再びクロエーは大声で叫び、ダフニスは笑ったが、良い口実を得て彼女の胸に手を入れて良いことをしてくれた蟬を取り出すと、右手の中で蟬は鳴きやまない。クロエーはそれを見ると喜んで蟬を取って口づけし、鳴きつづけるのを再び懐の中へ入れてやった（1.26.1‐3）。

燕と蟬は共に田園に歌という音楽をもたらす存在だという共通点がある一方で、ここでは追うものと追われるものの関係にもなっており、男女の恋愛関係や直後に登場するジュズカケバトの縁起譚を予告している。クロエーの懐から蟬が鳴き出し、ダフニスが胸元に何気なく手を差し入れる場面は、読者の目からすれば大胆でエロティックな描写であるが（**図4**）、胸元から聞こえてくる蟬の声はクロエーの心を代弁しているとも言え、キスすることすら怖れていたダフニスが、この機会を捉えてクロエーの胸に手を入れるのは、恋という言葉さえまだ知らない二人の隠れた欲望が表出した場面だとも言えるだろう。

図4 蝉のエピソード

出典：*Sept Eaux-Fortes d'après les Dessins de Prudh'hon pour illustrer Daph-nis et Chloé, gravées par Boilvin.* Paris: Alphonse Lemerre, 1879.

ジュズカケバトの縁起譚（1.27）

　つづいて森から田園の歌[10]を歌うジュズカケバトについて、ダフニスがクロエーに縁起譚を語る（1.27）。『ダフニスとクロエー』では最初の3巻の後半部に三つの縁起譚が置かれている。どれも音楽に秀でた美しい乙女が男の攻撃の影響で変身してしまう話である。また、牧神パーンが三つの縁起譚に共通して登場する。

　ダフニスによると、かつて美しくて歌が上手な乙女がたくさんの牛を飼っていたが、牛飼いの少年の歌の力に敗れて八頭も牛を奪われてしまった。そのことを悲しんで神々に願って鳥に姿を変えてもらい、今も美しい声で「いなくなった牛を探している」と歌っているという。語り手のダフニスが「かつて乙女がいた。乙女よ」と、クロエーとこの乙女を結びつけるかのように語りかけ、娘が松の下で松の冠を被って「パーンとピテュス」を歌う様は[11]、直前の1.23.3でクロエーが仕事のあと、松の冠を被って仔鹿の皮を身につけ、鉢に注いだ葡萄酒と乳をダフニスと一緒に飲んでいた姿と対応する。パーンと松の神話は物語中ここ以外でも触れられており（2.7.6; 2.39.3）、松の冠は後述するパーンの異象の場面でもクロエーの頭に現れる（2.26.1）。この段階ではまだ明らかではないが、今後パーンが果たす重要な役割がほ

10）牧歌を意味する語だが、直訳すれば「牛飼いの歌」。文字通りそうであることがあとにつづく話からわかる。

11）ピテュスはパーンに愛されたニンフ。彼を避けるために松の木になった。パーンが松を冠にするようになった縁起譚でもある。

のめかされる縁起譚でもある。

　こうしてロンゴスは自然を生き生きと描き、自然に育まれる若い二人の姿を描き、さらにはその自然を縁起譚と結びつけることで、田園の中に存在する事物を神話で包み込むばかりでなく、時にはダフニスとクロエーの恋の行方を自然界で起こる出来事が暗示しながら物語は進んでいくのである。

第3章　一年目の秋（第2巻）

海賊の襲来・ドルコーンの死

　つづいて秋が到来するが、具体的な季節の描写に入る前に、田園地帯に海賊の襲来があり、ダフニスが攫（さら）われてしまう（1.28ff.）。海賊によって誘拐され、遠くの土地で主人公が売り飛ばされるのは古代ギリシア恋愛小説には付き物のモチーフだが、舞台がレスボス島に限定される『ダフニスとクロエー』では、海賊の掠奪も矮小化された形となっている。他方、海賊に襲われて瀕死の状態になった牛飼いのドルコーンは、死の間際、クロエーに自らの葦笛（シューリンクス）を託してダフニスを救出する方法を教える。その代わり死ぬ前に最後の口づけを願うのである。クロエーの吹くドルコーンの笛の音を聞いて海賊船から海へ飛び込んだ牛たちの角にぶら下がり、ダフニスは脱出に成功する。彼女はダフニスにドルコーンの死を語るものの、キスしたことだけは恥じらいから話さなかった。恋する相手に秘密を持つことで、恋の芽生え同様、ここでもまたクロエーがダフニスに一歩先んじる早熟さを示している。ドルコーンの葬儀後、ニンフの洞窟で二人は初めて一緒に水浴するが（図5）、初めてクロエーの裸を見たダフニスはその美しさに目を開かれて心が晴れず、

図5　ダフニスとクロエーの水浴

出典：*Sept Eaux-Fortes d'après les Dessins de Prudh'hon pour illustrer Daphnis et Chloé, gravées par Boilvin.* Paris: Alphonse Lemerre, 1879.

海よりもクロエーの水浴びの方が恐ろしく思われた。若くて田園育ちで恋という盗賊をまだ知らないので、彼は自分の心がまだ海賊のところにとどまっているような気がした（1.32.4）。

一年目の秋（1.28-3.2）：恋とはどんなものかしら？

第2巻に入って本格的に秋の描写となる。葡萄収穫の時期となり、酒造りの工程が細かに描かれる（2.1）。葡萄の実を搾る桶の用意や樽の掃除などの準備段階から始まり、いよいよ収穫と葡萄酒造りである。

> ダフニスは葡萄の房を籠に入れて運び、桶に明けて踏んでから甕へ葡萄酒を入れた（2.1.3）。

同様の作業は4.5.2にも簡潔に記されている。レスボス島では葡萄栽培の方法として低い丈のまま、蔓を地上低く這わせることも説明されている（2.1.4）。赤子でも手が届くほどだという説明は、ローマ時代のモザイクによく見られる葡萄を収穫するエロースたちの図像を思い起こさせる。

さて、つづくディオニューソスと葡萄酒の誕生を祝う祭りでは、ディオニューソスにまつわる比喩が多く用いられる（2.2.1-2）。近隣の田園から来た手伝いの女たちは、ダフニスのことをディオニューソスのような美男子だと言い、葡萄を踏む男たちはクロエーに対して、「サ

テュロスたちがバッコス（＝ディオニューソス）の信女に向かってするように、狂おしく跳ね回る」（2.2.2）。こうした比喩は姿こそ現さないものの、ディオニューソスという神の存在を強く意識させる。また、手伝いに来た女たちがダフニスに、男たちがクロエーに戯れてからかう場面では、お互いに嫉妬から塞ぎ込み、ここでも両者の対称性が強調される。

フィレータースの庭 （2.3-7）

　葡萄の収穫も終わり、ダフニスとクロエーが遊んでいるところへフィレータースという老人が現れる。

　　二人が楽しんでいるところへ老人が現れた。山羊皮をはおり、生皮の靴を履き、皮袋、それも古びたのをかけている（2.3.1）。

「現れた」（ἐφίσταται）という箇所に使われている動詞は、2.23.1 や 3.27.2 でダフニスの夢に三人のニンフたちが現れる場面でも使われるように、夢や重要な場面で用いられる動詞であり、フィレータースの登場が特別なものであることを示している。実際、その名前自体、ヘレニズム期の学匠詩人フィレータースに由来していると考えられている。現在では散逸してしまった彼の代表作に『デーメーテール』があるが、この豊穣の女神の異称がクロエーであることも詩人フィレータースとの関わりを

想起させる。また、牛飼いフィレータースの登場の仕方
は、詩人フィレータースの故郷コース島の収穫祭を主題
としたテオクリトスの『牧歌』第 7 歌 15-19 行に登場
する山羊飼いリュキダースの姿を彷彿させる。

　　新しい擬乳の匂いがする毛で覆われた
　　もじゃもじゃの山羊の黄褐色の皮を肩にかけ、
　　胸のまわりには古い上衣が幅の広い帯で締められ
　　野生のオリーブの曲がった杖を右手に持っていた。

このリュキダースについては、叙事詩における変装した
神の顕現場面との類似が指摘されており、この解釈が正
しいとすれば、よく似たフィレータースの姿も、当然何
か神の登場を思わせるような特別な雰囲気を帯びている
ことになる。そんな牛飼いの老人はダフニスとクロエー
にこう語りかける。

　　子どもたちよ、私はフィレータースという年寄りだ
　　が、昔はよくここのニンフ様たちに歌ったり、あそ
　　このパーン様に 葦 笛 を吹いたものだ。たくさん
　　の牛の群れも音楽の調べだけで率いたものだ
　　（2.3.2）。

フィレータースは自らを単なる老人（γέρων）ではなく、
長老的なニュアンスのあるプレスビュテース（πρεσβύτης）

と呼ぶ。『ダフニスとクロエー』の中で、この場面だけ
で用いられるこの言葉は、彼の恋の指導者としての役割
を暗示している。それはフィレータースの名前が
「愛する」（φιλέω）という動詞との語呂合わせを含んで
いることからも窺える。さらに彼もまたかつて歌うこと
を楽しみ、葦笛を奏でて家畜を巧みに操っていたこ
とは、ダフニスとの共通点と言える。さらに、

　　私はお前たちに見たことを知らせ、聞いたことを伝
　　えるために来たのだ（2.3.2）。

という言葉は、序文で語られたこの物語の世代を超えた
手引書としての役割と通ずるものがある。実際、彼が自
分の庭を「苦労して作り上げた」（ἐξεπονησάμην 2.3.3）と、
序文で語り手がニンフの森で見た絵を4巻の物語に「苦
労して作り上げた」と語るのとまったく同じ動詞が使わ
れていることからも、序文とこの場面の繋がりは明らか
である。しかもこの動詞は物語中この二箇所でしか用い
られていないことから、フィレータースの庭の物語にお
ける重要性が浮かび上がってくる。

　　そこにはそれぞれの季節に従って、季節が生み出す
　　ものがすべてある（2.3.3）。

とフィレータース自身が語るように、この庭には豊穣し

か知らない特殊な性格が窺える。春には薔薇、百合、ヒュアキントス、二種のスミレ、夏には罌粟（ケシ）、梨、あらゆる種類の林檎、秋には葡萄、無花果（イチジク）、石榴（ザクロ）、銀梅花（ギンバイカ）、と様々な花が咲き、果実が実る。朝早くには鳥の群れが集まって歌う。そのうえ、日蔭が多く、泉が三つもある locus amoenus（ロクス・アモエヌス）（心地良い場所）が展開される。庭全体の様子は「石垣を取り払えば、見るに森と思われそうなところだ」（2.3.5）と表現されている。つまり、フィレータースが作った庭の中身は自然そのものとまったく変わらないのである。ここへやはり正午頃にフィレータースが訪れると、子ども（実はエロース）が現れたという。その様は鳥に喩えられる。ヤマウズラの雛のように走っては隠れ（2.4.2）、燕やナイチンゲールや年取った白鳥よりも美しい声で語る（2.5.1）。フィレータースに語ったとされるエロース自身の言葉によれば、ハヤブサや鷲にも捕まらないという（2.5.2）。最後にはナイチンゲールの雛のように跳び上がって消えてしまう（2.6.1）。その時、フィレータースは初めて子どもの肩から翼が生えているのを見出し、エロースだと悟るのである（図6）。この庭を訪れるのは、鳥たちとエロースだけだが、たとえばアリストファネースの喜劇『鳥』699行（前5世紀）では、鳥はエロースの最初の子どもだとされ、さらにエロースが宇宙生成の時に生まれたと述べられている点もロンゴスと共通している。また、ヘレニズム時代の牧歌詩人ビオーン（前100年頃）の断片13にも少年が大きな

図6　フィレータースの庭

出典：Longus（Jacques Amyot 訳）, *Les Amours Pastorales de Daphnis et Chloé.* Paris. 1745.

鳥と間違えてエロースを捕まえようとするエピソードが
あり、エロースと鳥には密接な関係があることがわかる。
　この庭の豊穣の源がエロースにあることは、神自身が
語る言葉からも明らかである。

　　　私はあなたの庭へやって来て花や木を楽しみ、この
　　　泉で水浴びをするのだ。それゆえ私の水浴びで潤っ
　　　ているからこそ、花も木も美しいのだ（2.5.4）。

そのうえ、エロースのおかげで木が折れることも実がも
ぎ取られることもなく、根が踏みつけられたり、泉が濁
ることもないという（2.5.5）。エロースは銀梅花と石榴
の木蔭にその実を持って現れ、フィレータースに愛の象
徴である銀梅花の実を投げつけて来るのである。
　ただ、この美しさもエロースの恵みだけでなしえたわ
けではない。そもそもこの庭を「苦労して作り上げた」
のはフィレータース自身であり、エロースとフィレータ
ースが協力して完成させた庭だと言えるからである。こ
こにはエロースが世話する自然とフィレータースによる
人の技の調和が見られる。さらにここで語られるフィ
レータース自身の若き日の恋物語は、ダフニスとクロエ
ーの恋と酷似していて、いわば入れ子構造のようになっ
ている。エロースはフィレータースに言う。

　　　アマリュリスに恋をしてあそこの樫のところで

葦笛（シューリンクス）を吹いていたときにも私は傍にいた。娘の
すぐそばに立っていたのだが、あなたには見えなか
ったのだ。それで私は娘をあなたにあげた。今では
あなたに立派な牛飼いで農夫になった子どもたちが
いるわけだ。ところで私は今ダフニスとクロエーの
世話をしている（2.5.3-4）。

ここで「世話をしている」（ποιμαίνω）と訳した語は家畜
を飼うことを意味する動詞で、いわばエロースが牧人と
してダフニスとクロエーを山羊や羊のように飼っている
のである。
　こうした話をダフニスとクロエーは本当の話（λόγος）
ではなく、作り話（μῦθος）だと思って楽しんでいるが
（2.7.1）、実はフィレータースの話が真実を突いているこ
とは重要である。フィレータースはエロースについて、
このように説明する。

　　ゼウス様でも及ばないほどの力を持っていて、万象
　　を治め、星を支配し、同輩の神々までも意のままに
　　できる。お前たちが山羊や羊を統べると言っても、
　　とてもこれほどではない。花もすべてエロースの業（わざ）
　　だし、木もすべてエロースの作ったものだ。この神
　　の力によって川は流れ、風も吹くのだ（2.7.2-3）。

ゼウスの父神クロノスや永遠の時間よりも年寄りだとエ

ロース自身が語るように（2.5.2）、ここに登場するエロースは、姿こそヘレニズム時代以降に主流となる愛の女神アフロディーテーの息子として表される子ども（2.4.1）だが、実際にはヘーシオドスの『神統紀』（前7世紀頃）116-122行に見られる原初の生成時に誕生し、なにものをも征服し、あらゆるものを結びつける力を持った原初的な神の性格を持ち合わせている。『ダフニスとクロエー』では、エロースは花や木、川や風の源であり、自然全体を支配している。いわば、自然がエロース自身なのである。

　最後にフィレータースは「口づけしたり、抱擁しあったり、裸で一緒に寝る以外」（2.7.7）恋に効く薬はないとダフニスとクロエーにアドバイスする。「裸で一緒に寝る」というオブラートに包んだ遠回しな言い方をしたために、この行為はその後も二人を悩ませることになるが、少なくともそれまで恋（エロース）という言葉も知らなかった二人に、その言葉と意味を教える大切な役割をフィレータースは恋の指導者として果たしたことになる。

　ダフニスとクロエーはフィレータースとアマリュリスの恋物語から自分たちに起こっているのが恋（エロース）だと自覚するようになる。翌朝会うとすぐに三つの治療法のうち、口づけと抱擁を実行するが[12]、裸で一緒に寝るのはさすがに大胆すぎて試すことができない。しかし、ついに

12）これまではクロエーがダフニスに、ドルコーンとの弁論合戦の勝利の褒賞としてキスしただけであった。

は二人共その場面を夢にまで見るようになり（2.10.1）、ある日ひょんなことから抱き合ってキスをしている時に横倒しになる。これが夢の場面だと気づくが（ただし、着衣のままである）、それ以上どうしていいのかわからない（2.11.2-3）。語り手はここで、「もしも次のような騒動が田園全体を巻き込まなかったなら、二人も本当のことができたかもしれなかったのだが」（2.11.3）と語るが、目的の成就はある事件によって先延ばしにされることになる。

メーテュムナ人の狼藉（2.12-29）

　レスボス島第二の都市メーテュムナの若者たちが、収穫の時期を釣りや兎狩り、野鳥の捕獲をして過ごすため、小船でやってくる。その時の海岸線の描写は次のようである。

　　というのは、沿岸には良い船着場があり、豪壮な邸宅が立ち並び、水浴場も絶え間なくつづいて庭園や森もある。一方では自然（フュシス）の巧みが、他方では人の技（テクネー）があるのだ（2.12.2）。

ここでも強調されるのは自然（フュシス）と人工（テクネー）の調和である。両者が共存している場所こそ、過ごすのに楽しく、居心地のよい場所なのだ。

　しかしある時、作業に使う縄が切れてしまった村人が、

こっそり若者たちの船のとも綱を解いて持ち去ってしまう。困った若者たちはダフニスとクロエーが住む土地へ船でやって来た時に、とも綱の代わりにセイヨウニンジンボク¹³⁾を綱のように編み合わせて船を繋いだ。彼らの猟犬の吠え声に怯えたダフニスの山羊たちは丘から海辺へ逃げ、食べるものがないので、そのセイヨウニンジンボクの綱を食べてしまった。そのため、若者たちの船は山から吹きつける風で沖へと流されてしまう。怒ったメーテュムナの若者たちと飼い主のダフニスの間で揉め事が起こり、駆けつけた村人たちの中で最年長のフィレータースを裁定者に両者の言い分を聞くことになる。ダフニスと山羊に罪はないとの裁定に、腹を立てた若者たちはダフニスを無理矢理連れ去ろうとするものの、村人たちに袋叩きにあって追い出され、這々の体で陸路メーテュムナに戻る。恥をかいた若者たちは事実を述べて笑い物にならないように、ミテュレーネー人たちが船を取り上げ、金品を奪ったと虚偽の申し立てをし、メーテュムナの艦隊が田園に攻め寄せてくることになる。

メーテュムナの軍勢は海沿いにあるミテュレーネーの村々を掠奪し、クロエーもニンフの洞窟に逃げるが、兵士たちは彼女を羊の群れと共に「まるで山羊か羊のように、ニンジンボクで叩きながら引き立てて行った」(2.20.3)¹⁴⁾。他方、山にいて枯れたブナの幹の空洞に身

---

13) セイヨウニンジンボク（チェストツリー）は南ヨーロッパや中央アジア原産のシソ科の植物で、ハーブとして用いられる。

を隠して難を逃れたダフニスは、クロエーが攫われたことを知ると、ニンフの洞窟でニンフたちを責める。涙にくれるダフニスが深い眠りに捉えられると、夢に三人のニンフたちが現れ（**図7**）、自分たちが洞窟に捨てられたクロエーを育てたこと、戦場に慣れている牧神パーンにクロエーの救出をすでに頼んでいることを告げる（2.23.1-5）。

　その夜メーテュムナの船団にパーンの異象（いわゆるパニック）が起こる。

　　　突然陸地全体が火で輝きわたるかのように思われ、
　　　大船団が押し寄せるかのように櫂が波を打つ音が聞
　　　こえた（2.25.3）。

異象はこれだけにとどまらない。翌日には、ダフニスの山羊たちが角にキヅタを生やし、クロエーの羊たちが狼のように吠える。クロエー自身も松の冠を被った姿で現れる（2.26.1）。メーテュムナ軍の船の錨は海底にへばりつき、櫂は折れ、イルカは尾で船体を打ってくる（2.26.2）。ついには（またもや**正午頃**に）司令官ブリュアクシスの夢にパーンが現れ、クロエーとその家畜をすぐに解放するよう要求する（2.27.3）。これらは物語中でもとりわけ

14）古代において神殿や聖域に嘆願者とした逃れた者は保護されることになっており、ニンフの洞窟からクロエーを引き立てて行った兵士たちの行為は不敬行為に当たる。

図7　ピエール・ボナール「三人のニンフたち」

出典：Paul-Louis Courier 訳. *Les Pastorales de Longus ou Daphnis et Chloé.* Paris: Ambroise Vollard, Editeur, 1902.

顕著に神の力が発揮される場面である。そしてここにもまた、葦笛（シューリンクス）の音が鳴り響く。最初は戦いのラッパのように聞く者を怯（おび）えさせ（2.26.3）、のちには牧人が家畜の群れを導く音色となる（2.28.3）。これはダフニスが海賊に攫われた際、クロエーが吹くドルコーンの葦笛（シューリンクス）の音色で救出されたこと（1.30.1-6）と呼応している。ただ、ここで注目すべきは、山羊や羊の中で異象が起こ

ったり、葦笛（シューリンクス）の音色にしたがって陸へ上がったのが、やはりダフニスとクロエーの飼っているものだけだという点である。飼い主の違う家畜の群れはそのまま船に残っているのだ（2.29.1）。つまり、パーンの力は二人のためだけに発揮されていることがわかる。それはブリュアクシスの夢の中でパーンが述べたように、エロースがクロエーについて「物語を作ろうとしている」（2.27.2）からである。エロースの作る物語とは、文字通りダフニスとクロエーの恋（エロース）の物語であり、言いかえれば二人が恋（エロース）の名を知り、愛し合っているからこそ、神の力によって助けられるわけである。

　メーテュムナの軍勢が退却したあと行われた犠牲式と宴会の場ではクロエーが歌い、ダフニスは葦笛を吹く。フィレータースが末息子のティーテュロスに自分の葦笛を取りに行かせている間、ダフニスの養父ラモーンがシューリンクスの縁起譚を皆に物語る。

シューリンクスの縁起譚（2.34）

　シューリンクスは声の綺麗な美しい乙女だったが、パーンの求愛をはねつけたところ、乱暴されそうになり、逃げ疲れて葦の茂みに隠れ、沼の中へ姿を消してしまった。パーンは二人の恋が釣り合わなかったように、長さの異なる葦を蜜蠟（みつろう）で繋いで吹く楽器を考案したという。

　これまでも物語中に現れる音楽は葦笛（シューリンクス）に負うところが大きかったが、初めてその神話的側面が強調される

ことになる。つづいてフィレータースが自らの葦笛（シューリンクス）の腕前を披露する。

　　それは管の太い大きな楽器で、鑞付けしてあるとこ
　　ろには青銅で巧みに細工されていた。これこそ、パ
　　ーンが最初に作ったものではないかと思われそうな
　　ものだった（2.35.1-2）。

ここではフィレータースがパーンの役割を果たしている
と言ってよいだろう。しかもディオニューソス節を吹く
（2.36.1）ことが注目される。パーンはディオニューソス
信仰と結びつく神なので当然ではあるが、ここにもまた
ディオニューソスが顔を覗かせているのである。つづい
てダフニスがパーンを、クロエーがシューリンクスを演
じて踊るが（2.37.1-3）、縁起譚の中でパーンがシュー
リンクスを襲おうとした暴力性は見過ごされていること
が目を引く。その時フィレータースから借り受けて吹い
たダフニスの葦笛の巧みさに感心したフィレータースは
その笛をダフニスに譲ることにする。

　　するとフィレータースはすっかり感心して跳び起き
　　ると、ダフニスに口づけし、口づけしながら
　　葦笛（シューリンクス）を喜んで与えた（2.37.3）。

これはテオクリトス『牧歌』第4歌42-43行を想起さ

せる。

　　ダモイタースはダフニスに口づけした。そして彼に
　葦笛（シューリンクス）と美しい竪笛（アウロス）[15]を与えた。

こうした笛などの譲渡のテーマ自体は牧歌にはよく見ら
れるもので、ロンゴスもその伝統に従ったと言えるだろ
う。しかし、フィレータースの名前が持つ「口づけする」
（φιλέω ——この動詞には先述した「愛する」と共に「接吻す
る」という意味もある）という動詞との語呂合わせはフ
ィレータースの行為にいっそうの説得力を付与すること
になる。また、元々ダフニスが持っていた小さな葦笛（シューリンクス）
（2.33.2）との対比で大きさが強調される葦笛（シューリンクス）をフィ
レータースから引き継いだことで、ダフニスは少年から
大人への階段をまた一歩上ったことになる。
　ダフニスが自分の小さな葦笛をパーンに奉納したあと、
ダフニスは松の木の下でパーンに、クロエーはニンフの
洞窟でニンフたちに互いの愛を誓う。だが、クロエーは
パーンが浮気な神様であることに不安を覚え、あらため
てダフニスは自らの山羊の群れと捨てられた自分を育て
てくれた牝山羊にかけてクロエーへの愛を誓うのであっ
た（2.39）。

15）アウロスは古代ギリシアの二本管の竪笛。**図3**を参照。

第4章　一年目の冬・二年目の春〜夏（第3巻）

　第3巻冒頭では、ミテュレーネー軍が陸路メーテュムナへ報復のため遠征する。司令官ヒッパソスは第2巻のメーテュムナ軍とは違って掠奪を行わず、和議を結んで掠奪された品々も返還される。

一年目の冬（3.3-11）：恋の停滞

　冬は他の季節とは異なり、物語の中で一度しか訪れないうえ、その記述も極めて短い。それは冬が自然にとってだけでなく、恋人たちにとってもなかなか会うことができない試練の季節だからである。冬はこのように始まる。

> というのは、突然大雪が降ってすべての道を塞ぎ、農夫たちを皆閉じ込めてしまった。厳しい冬の急流は流れ落ち、氷は固まり、木々は折れそうに見える。泉や小川のまわりを除いて地面はすべて隠れてしまっている（3.3.1-2）。

現在のトルコ沿岸に位置するレスボス島の気候を考えれば、この大雪と厳しい寒さが現実的ではないという指摘

もあるが、むしろこれは冬の厳しさを表現するための描写であろう。そうすることで、ダフニスとクロエーの恋路を冬がどれほど妨げているかが強調される。さらに、

　　　夜が明けると寒さがひどく、北風がすべてを凍らせていた（3.10.1）。

とあるのも、クセノフォーンの『アナバシス』（前4世紀）の「北風がまともに吹きつけてすべてを凍らせ」（4.5.3）という表現を模して同様の効果を狙ったものだと思われる。冬の厳しさとは言っても田園の人々の反応はむしろ好意的である。

　　　皆がやむを得ない家居（いえい）を強いられている間、他の農夫や牧人たちはしばらく労働を逃れて朝も夜も食事を摂（と）って、長く眠れるので嬉しく、それで彼らにとっては冬が夏よりも秋よりも、いや春よりも楽しく思われるのだった（3.4.1）。

農夫や牧人たちにとってはゆっくり休める冬は心地よい季節なのである。ここから窺えるのは、労働はやはり人々には辛くて厳しい現実だということである。

　冬の人々の営みも列挙されている。亜麻を綯（よ）ったり、山羊の毛を梳（す）いたり、小鳥の罠に工夫を凝らす。牛には飼い葉桶で麩（ふすま）を、山羊や羊には柵の中でどんぐりの類を

食べさせる。丹念に説明されているが、最後のどんぐりの話などはホメーロスの『オデュッセイア』で豚に変えられたオデュッセウスの部下たちに魔女キルケーがどんぐりの類を投げつける場面（第10歌242行以下）と似ており、必ずしも実際の農夫や牧人の生活描写と捉える必要はない。むしろ一つ一つ具体的に示すことで、読者に田園生活のイメージと本当らしさを与えていることが重要である。

　他方、ダフニスとクロエーにとっては春が待ち遠しい（3.4.2）。二人にとって労働は苦痛ではなく、むしろ朝早く放牧に出かけて夜遅く帰ってくる（3.12.1; 4.4.3 etc.）のは、もちろん恋のなせるわざである。言いかえれば、二人の労働の有り様が大人たちと異なるのは恋ゆえなのである。実際、冬の場面には格言的な言葉も出てくる。

　　しかし恋にはどこへでも行けるのだ。火でも水でもスキュティアの雪であっても（3.5.4）。

この言葉通り、ダフニスは雪の積もる中、クロエーに会えないかと鳥を捕りに出かけていく。クロエーの養父ドリュアースの家の前には、

　　大きな銀梅花が二本とキヅタが一本生えていた。二本の銀梅花は接近していてその間にキヅタがあるので、キヅタはそれぞれの銀梅花に向かって葡萄の

うに枝を延ばし、絡み合う葉によって洞窟の形を作り上げていた。そしてその枝から葡萄ほどもある大きな実の房がたくさん垂れ下がっていた（3.5.1）。

その実を鳥たち（クロウタドリ、ジュズカケバト、ホシムクドリ）が食べに来るのを捕らえるのだ。その様子もまた罠を仕掛け、鳥餅を塗る準備段階から、鳥を捕らえて羽根をむしるまで順を追って詳細に描かれる。冬に鳥を捕る習慣はロンゴスと同時代のアルキフローンの『農夫の書簡』2.27 などにも登場し、実際によく行われたことらしいが、ここで注目すべきは、ダフニスが難なく鳥を捕まえることである（なお、3.10.2 ではクロエーとの共同作業）。

それから腰を下ろして鳥とクロエーを待つことにした。しかし鳥たちが大群でやって来て、十分すぎるほど捕らえたので、集めて殺し、羽根を毟り取るのに大変苦労した。だが、家の中からは誰も出て来ず、──男も女も飼っている鳥たちも──皆、火のそばにいて中に閉じ籠っている（3.6.2）。

厳しい冬の中でも豊猟という自然の恵みがダフニス（とクロエー）には容易にもたらされる。クロエーに会いたかったダフニスは予想外に鳥が捕れすぎたので、なんとかドリュアースの家を訪ねる口実を考えるが、諦めて帰

ろうとする。すると「彼をエロースが憐んだかのように」（3.6.5）、家から犬が肉を咥えて逃げ出し、追いかけて来たドリュアースがダフニスを見つけて、クロエーとの束の間の逢瀬を果たすことになる。一泊させてもらい、ドリュアースと一緒に寝ることになるが、クロエーにしている夢を見ながら、何度もドリュアースを抱きしめ、キスをする（3.9.5）。翌日は二人でたくさんの鳥を捕り、絶え間ない口づけと語らいを楽しみ、その後も家を訪れることができるようになった。

　この冬には神の効力が直接発揮されることはないものの、その存在はやはり暗示されている。ドリュアースの家ではディオニューソスへのお供えが行われており（3.9-11）、鳥たちが集まる銀梅花の木（愛の象徴）にもディオニューソスの象徴であるキヅタが絡んでいて、神の介在を思わせる。なにより鳥たち自体、フィレータースの庭の描写からも明らかなように、翼のあるエロースと関わりの深い存在なのである。

二年目の春（3.12-23）

　雪が溶け、再び春が巡って来る。ダフニスとクロエーは「いっそう優れた牧人（エロース）に仕えている」（3.12.1）ので、他の牧人たちよりも早く放牧に出かけ、いつも逢引する樫の木の下で家畜番をしながら口づけを交わす。春の初めだが、「それでもスミレや水仙、ルリハコベ、そして春の最初に咲く限りの花々が見受けられ

た」（3.12.2）。ダフニスとクロエーは神々の像へ花輪を
かけ山羊や羊の乳を振りかける。

　　二人はまた 葦笛（シューリンクス）を初穂として吹き始めた。まる
　でナイチンゲールを音楽へと掻き立てるかのように。
　すると茂みの中でナイチンゲールが応えてさえずり
　だし、まるで長い間の沈黙から歌を思い出すかのよ
　うに「イテュス」[16) を少しずつきちんと歌ってい
　く（3.12.4）。

葦笛（シューリンクス）とナイチンゲールの歌声という音楽と共に春が
深まっていくと、羊や山羊が交尾を始める（3.13）。そ
れに触発されてダフニスとクロエーも口づけや抱擁を求
め合うようになり、ついにはフィレータースの教え通り、
裸で一緒に寝ることをダフニスは提案する。しかし、ク
ロエーは羊も山羊も立ったまま牡が後ろから跳びかかっ
ているうえ、服を着た自分たちよりも深い毛に覆われて
いると反論する。ダフニスもその説明に納得して着衣の
まま、クロエーと横になってしばらく寝てみるが、どう
していいのかまったくわからない。ついには山羊のまね

---

16)　トラキア王テーレウスはアテーナイの王女プロクネーを妃としてい
　　たが、その妹ピロメーラーを陵辱し、舌を切って監禁する。ピロメー
　　ラーの織物で事情を知ったプロクネーは妹を救出し、協力して息子イ
　　テュスを調理して父親であるテーレウスに供することで復讐を果たす。
　　事実を知ったテーレウスは姉妹を追うが、プロクネーはナイチンゲー
　　ル、ピロメーラーはツバメ、テーレウスはヤツガシラに変身する。わが
　　子を悼んでナイチンゲールはその名前を鳴いているという神話に基づ
　　く。

をしてクロエーに後ろから抱きついてみてもどうにもならず、途方にくれて泣き出してしまう。山羊の交尾をまねようとするこの場面は、事情を知る読者からすれば、妄想を駆り立てられる際(きわ)どい描写であるが、かえってダフニスとクロエーのあまりの無邪気さ・純朴さが強調されることになる。やはり自然はすべてを教えてくれるわけではないのである。

リュカイニオンの性の手ほどき （3.15-20）

　フィレータースの言う三つ目の恋に効く薬の問題を解決するのは、近隣の自作農クロミスの若い妻リュカイニオンである。ダフニスの嘆きをたまたま耳にした彼女は、元々その美しさに目をつけて愛人にしたいと思っていた彼を誘惑して性の手ほどきをすることになる。リュカイニオンという名は牝狼(リュカイナ)に由来する「小狼」というような意味であり、これは第1巻でドルコーンがクロエーを襲おうとして狼皮を被って待ち伏せしたこと（1.21-22）と呼応している。リュカイニオンは鵞鳥(ガチョウ)が鷲に攫われたと言ってダフニスに助けを求め、できるだけクロエーから遠く離れた深い茂みに連れて行くと、夢でニンフたちから恋の業を教えるように言われたと言う。リュカイニオンにとっては、これは嘘であるが、ニンフたちがダフニスとクロエーを見守っているという意味では、この言葉もまた真実(ロゴス)をついていることになる。

　すると、ダフニスは嬉しさのあまりひざまずいて仔山

羊やチーズ、牝山羊まで約束するので、そのあまりの純朴さにリュカイニオンは驚きつつ、性の手ほどきを始める。

> まずできるだけ自分の近くに彼を座らせ、いつもしているようにいつもしているだけ口づけし、口づけしながら自分を抱き、地面へ寝るように言った。そして座ってキスをして横になっている間にやる準備もでき、いきり立っているのがわかると横から寝ている彼を持ち上げてから巧みに自分の身をその下に伸ばし、これまでダフニスが探し求めていた道へと導いた。それからあとは何も特別変わったことはしなかった。というのも本性自体が残りのなすべきことを教えたからである（3.18.3-4）。

この箇所は 20 世紀半ば頃まで翻訳者たちによって削除されたり、ここだけ近代語訳が急にラテン語訳に変えられるなど度々自己検閲されてきたが、現代の私たちの目から見ればマイルドな性愛描写と言えるだろう（図8）。ここではリュカイニオンが都市から嫁いで来た女であること（3.15.1）が重要である。まわりの自然や長老フィレータースの教えだけでは足りない部分を都市の要素が補ってくれるのだ。都市と田園は対立する存在として扱われることも多いが、ここではむしろ両者の協調が見られる。しかも、都市の女リュカイニオンの指導に従いな

68

図8　リュカイニオンの性の手ほどき

出典：Longus（Jacques Amyot 訳），*Les Amours Pastorales de Daphnis et Chloé.* La Haye: chez Jean Neaulme. 1764.

カイリュス伯によると伝わる挿絵 *Les petits pieds*（オリジナルは 1728 年）

がらも、最後は「本性」がダフニスを導いている。ここで本性と訳したフュシス（φύσις）というギリシア語は英語の nature と同じで、実は「自然」を意味する語でもあり、ここにもまた自然と人の技の調和・協調が見られるのである。

　早速ダフニスは教わったことをクロエーに試してみようと逸るが、リュカイニオンが忠告する。人妻の自分とは違って生娘のクロエーに同じことをしたら、「泣き叫んだり、血だらけになったりするかもしれない」（3.19.2）と言うのである。ダフニスはクロエーが「敵に対するかのように大声で叫んだり、痛みを感じるかのように泣いたり、殺されるかのように血塗れになる」（3.20.1）ことを恐れて、口づけと抱擁以上のことは自制するようになる。「敵に対するかのように」「痛みを感じるかのように」「殺されるかのように」といった表現からは、事情のわからないダフニスがリュカイニオンの忠告を大袈裟に捉えたことがわかる。第1巻ではクロエーが今際の際のドルコーンにキスしたことを隠したが、今度はダフニスの方が秘密を持つ番である。しかもここで、これまでクロエーの方がいつも先んじていた恋の進展を、ダフニスが性の知識の点で追い抜いてしまい、両者の立場が逆転することになる。

エーコーの縁起譚（3.21-23）
　その後のダフニスは、これまで通りクロエーとは口づ

けと抱擁だけを楽しむことにする。ある日、一隻の漁船が通り過ぎた際に船乗りたちの声が谷間にこだまするのを初めて聞いて不思議に思ったクロエーに、ダフニスは話す代わりに十回のキスを希望してエーコー（木魂）の縁起譚を物語る（3.23）。

　ニンフと人間の娘である美しい乙女エーコーはニンフたちに育てられ、様々な楽器や歌を教えられた。その美しい歌声を妬み、また男を忌避する態度に腹を立てたパーンによって気を狂わされた牧人たちにエーコーは八つ裂きにされたが、木魂（こだま）の作用は残ったというエピソードである。

　ここではパーンの暴力的な性格が強調されてはいるが、エーコーは八つ裂きにされても歌い続け、四肢を撒き散らされたあとも音楽を持っていて、神でも人でも楽器でも獣でもなんでも声や音をまねることができるのだ（3.23.4）。どんなにひどい暴力を受けても、エーコーの声は消えることがなかった。音楽が暴力に打ち勝ったのである。似たような神話として、トラキアの女たちに八つ裂きにされたオルペウスの頭部と竪琴が歌いつづけてレスボス島のメーテュムナに流れ着いたというものがある [17]。これはレスボスが詩人の島であることの縁起譚としても語られるが、同じ島を舞台とする『ダフニスとクロエー』もまた、音楽と深く結びついているのである。

17）オウィディウス『変身物語』第11巻など。

クロエーは話の御礼に無数の口づけをダフニスに浴び
せるが、かなりショッキングなはずの縁起譚の中の暴力
性は、第2巻のシューリンクスの縁起譚の時と同様、
ここでも見過ごされたままである。

二年目の夏（3.24-34）

再び夏が巡って来る。

> ダフニスは河で泳ぎ、クロエーは泉で水浴びをして
> いた。ダフニスは松に向かって争って葦笛（シューリンクス）を吹
> き、クロエーの方はナイチンゲールと競って歌って
> いた。二人はおしゃべりなコオロギを追い、騒がし
> い蟬を採っていた。花を摘み、木々を揺すって、実
> を食べていた（3.24.2）。

一年目の夏の描写と比較すると、一年目には（松に吹く）
風と川が、それぞれ葦笛（シューリンクス）を吹く・歌うと擬人的に喩
えられていたのが（1.23.2）、今回はダフニスの葦笛の音
とクロエーの歌声という本当の人間の行為と入れ替わっ
ている。また、水浴びは一年目の夏ではあとから言及さ
れたが、ここでは先に描写されている。こうした細かな
違いを見ても、ロンゴスが物語全体の構成を見据えて細
かな点にまで気を配っており、しかも表現に変化を持た
せることで単調にならないように工夫していることがわ
かる。

また時には裸になって一緒に横になり、山羊の皮を
　一枚上にかけることもあった。もしダフニスを血が
　怯えさせなかったら、クロエーもたやすく女になっ
　ただろう。実際、ダフニスは自分の理性が負かされ
　はしないかと怖れて、度々クロエーが裸になること
　を許さなかった。クロエーの方は不思議に思ったが、
　理由を訊くのは恥ずかしかった（3.24.2-3）。

ダフニスの自制が描かれる。ここではもはや第1巻や
第2巻のような両者の対称性は崩れ、性に関する知識
をすでに得ているダフニスに、クロエーは何かを感じな
がらも自分から尋ねることができない。

求婚者たち

　さて、これまでも見て来たように、田園も長所ばかり
から成り立っているわけではない。しかし、問題を引き
起こす要因はしばしば自然そのものよりも人間の内にあ
る。この夏、クロエーへ求婚者が大勢現れるようになる
（3.25ff.）。養母のナペーは沢山の贈り物に有頂天になり、
夫にクロエーを嫁にやるよう説得する。養父ドリュアー
スも贈り物だけせしめて、返事を先延ばしにする。他方、
ダフニスがクロエーに求婚するつもりだと知ると、養父
ラモーンはダフニスの本当の身内が判明した時の利益を
考えて不機嫌になる（3.26.3）。どちらの養い親も決して

悪い人間ではないのだが、金目のことにはつい欲が出てしまう。ドリュアースに至ってはダフニスが 3,000 ドラクメー [18] という大金を持ってくるやいなや、たちどころにクロエーとの結婚の約束をし（3.30.1）、そのうえラモーン夫婦を説得しに出かけるのだから、その現金さにはおかしみすら覚える。こうした欲深さ・人間臭さはこの田園が理想的な世界というよりもむしろ現実の世界に近い印象を与えてくれる。

　ところで、ダフニスがこの 3,000 ドラクメーを見つけるきっかけは、クロエーに求婚するには家が貧しすぎると嘆いているところへ、三人のニンフたちがまたもや夢の中に現れたことである（3.28.2）。彼はその指示にしたがって砂浜で腐ったイルカの死骸に隠れた大金を見つけるのだ（図9）。これはかつて沖に流されてしまったメーテュムナの若者たちの船（2.14.1-2）が岩に打ちつけられて沈没し、載せられていた金袋だけが漂着したものである。イルカの死骸の悪臭のため、誰も寄りつかなかったのだ。若者たちはダフニスに乱暴を働いたが、彼らが持っていた大金がダフニスを助けるという意味ではここでもまた都市の要素が田園を補完していると言うことができる。ニンフたちは夢の中に登場するだけだが、その効力は今回も実生活の場にまで及んでいる。ダフニス（とクロエー）はたしかにニンフたちの加護を受けて

18）古代の銀貨の単位。

図9　3,000 ドラクメーの発見

出典：Longus（de Marcassus 訳）, *Daphnis et Chloé*. Paris: Toussainct du
　　　Bray, 1626.
第3巻の挿絵。手前はいつも逢引している樫の木の下でダフニスとクロ
エーが口づけを交わす場面（17世紀当時の服装になっている点に注意）。
右手後方にはリュカイニオンとダフニスが口づけを交わす場面、左手後
方にダフニスが 3,000 ドラクメーの入った金袋を見つける場面が描かれ
ている。

いるのである。金袋を見つけたダフニスは、ニンフたち
と海に祈りを捧げるが、それは

> 山羊飼いではあったが、今では陸よりも海を自分と
> クロエーの結婚に関して助けてくれたので、好まし
> く思ったから（3.28.3）。

である。彼には田園だけでなく、海もまた味方している
のだ。

　ここで、農業技術に関する記述を少し見ておきたい。
ダフニスがクロエーに求婚するためにドリュアースとナ
ペーを訪れた時、二人は小麦を打っていた（3.29.1）。そ
の後、ドリュアースが出かけると、ナペーは牛たちを引
き回して、脱穀機に麦の穂をかける（3.30.2）。先行研究
によると、脱穀の際、前者の手作業の方法では時間はか
かるものの、一人でもできるという。他方、後者は牛の
強い力で機具を使うので効率は良いが、動物と広い空間
が必要なうえ複数の人手を要するので、ドリュアースが
出かけてから、わざわざナペーが一人で行うロンゴスの
記述は矛盾しているという。この見解が正しいとすれば、
一見写実的な説明を行っているように見えても、あくま
で本当の田園らしく見せることに主眼があるのだと言え
るだろう。つづいて 3,000 ドラクメーに目が眩んでダ
フニスの求婚を認め、大麦を量っているラモーンとミュ
ルタレーの元をドリュアースが訪れる場面を見てみよう。

すると彼らが篩<ruby>篩<rt>ふるい</rt></ruby>にかけたばかりの大麦を量っており、ほとんど播<ruby>播<rt>ま</rt></ruby>かれた種子よりも少なかったので気落ちしているのを見つけたが、ドリュアースは二人を励まし、どこでも同じような不作だと認めてから（以下略）（3.30.3）。

ラモーンとミュルタレーは大麦の収穫量の少なさを嘆いている。ドリュアースがどこも同じだと言うのは慰めの言葉だとはいえ、あながち嘘だとも言えないだろう。この田園は必ずしも豊穣をもたらすわけではないのだ。苦労して働いても報われるとは限らない労働の厳しさが、ここには垣間見られる（ただし、これも文学的モチーフの一つではある）。一方、並行して描かれるダフニスとクロエーの労働は、

クロエーが乳を搾り、チーズを作っているのを見つけると結婚できるというよい知らせをし、もう妻だとしておおっぴらに口づけをし、一緒に仕事をした（3.33.1）。

と、こちらは相変わらず心配を感じることもなく、結婚できる嬉しさに満ち溢れている。大人たちの嘆きとは対照的に、ダフニスとクロエーの労働には常に喜びが伴っているのである。

二年目の夏のしめくくりとして、第3巻最後のエピソードを取り上げたい。クロエーとの結婚が養父母たちに認められたダフニスはクロエーの元に駆けつけ、一緒に仕事を終えたあとで二人は果実を探しに出かける。

　　あらゆるものを生み出す季節なので何もかも豊富にあった。たくさんの野生の梨に、たくさんの西洋梨、たくさんの林檎、すでに下に落ちているものもあれば、まだ樹についているものもある。地面のものはいっそう香りが強いが、枝に残っているものはより艶があった。一方は葡萄酒のように香り、もう一方は黄金のように輝いていた（3.33.3）。

このようにダフニスとクロエーのまわりでは、田園はいつも豊かな恵みと香りに満ち溢れている。この箇所自体、テオクリトスの『牧歌』第7歌143-146行のパラフレーズなのだが、こうした詩的な散文の極致が最後に登場する。

　　一本の林檎の木が摘み取りも終わって実も葉もなかった。枝はすべて裸になっていたが、実が一つだけ梢の一番高いところに残っていた。大きくて美しい実で、香りも他のどの実よりもそれ一つだけで優っていた。摘みに来た男が登るのを怖がって取らなかったのだろう。あるいはその美しい林檎を恋する牧

人のために大切にとっておいたのかもしれない（3.33.4ff.）。

この一節は紀元前7世紀末〜6世紀初め頃の女流詩人サッフォーの有名な断片の換骨奪胎である。

　　まるで甘い林檎が枝の先のそのまた先で赤く色づくかのように。きっと摘む人が忘れたのだ。いや、忘れたのではない。届かなかったのだ（断片105a）。

レスボス島出身のサッフォーの詩が同じ島を舞台にした恋物語でパラフレーズされることで、レスボスというだけでも当時の読者にはすぐに想起されたはずのサッフォーが、前面に浮かび上がってくるのである。林檎が愛の象徴であることはすでに述べた通りだが、4世紀の修辞学者ヒーメリオスによれば、この詩は乙女を林檎に喩え、それを摘もうと逸り立つ者がいるにもかかわらず、手を触れられぬままである様を歌っているという。その解釈を踏まえれば、ここで林檎に喩えられるのはクロエーである。ただ、サッフォーの詩とは違い、ダフニスはこの林檎をクロエーが止めるのも聞かずに摘み取ろうとする。これは直前で（3.31-33）二人の結婚が決まったことを示唆していると言えるだろう。さらに摘み取った林檎について、ダフニスはこう述べる。

この林檎の実を美しい季節（ホーライ）が生み、太陽が熟させる
　　時に美しい木が育て、巡り合わせ（テュケー）が守ったのだ
　　（3.34.2）。

季節（ホーライ）に育まれた林檎の実は、四季の移り変わりと共に育
まれて来た二人の愛そのものを象徴していると言える。
ダフニスはクロエーに林檎を渡す際、トロイア戦争の前
日譚として女神たちが美しさを争い、裁定を任された羊
飼い（実はトロイアの王子）パリスが黄金の林檎を渡し
て愛の女神アフロディーテーを勝者とした「パリスの審
判」の神話に言及している。今度は自らをパリスに、ク
ロエーを愛の女神になぞらえているのである。こうして
短いエピソードの中にサッフォーとパリスの審判を持ち
出すことで、前者は詩のパラフレーズを使ってレスボス
島と詩歌、林檎と愛の関係を強調し、後者は神話と重ね
合わせることで二人の愛もいっそう高められるのである。

第5章　二年目の秋（第4巻）

二年目の秋（4.1 ff.）

　ラモーンやダフニスらの主人であるディオニューソ
ファネースがメーテュムナ海軍による被害が所有地にない
か確認するためにミテュレーネーの街から訪問するとい
う知らせがあり、ラモーンが準備を始める。ここで第2
巻のフィレータースの庭と対置する形で、ディオニュー
ソファネースが所有する庭園が描写される（4.2 ff.）。

ディオニューソファネースの庭園（4.2-4）

　興味深いのは、この庭園の描写に先立って、ダフニス
の養父ラモーンが

> 清らかな水が流れるように泉を掃除し、悪臭を放っ
> て不快にならないように、汚物を中庭から運び出し
> た（4.1.3）。

という点である。つまり堆肥用の糞の山を片付けたのだ。
これは田園の現実の一端であるが、主人のディオニュー
ソファネースをはじめ都会から訪れる人々がこれを目に
することはない。つまり都会人から見る田園は、真の姿

とは言い切れないのである。彼らは外部から来た者として、結局ありのままの田園へ入り込むことはできない。

　さて、この庭園はパラデイソス（παράδεισος）と呼ばれている。本来、ペルシアの王侯貴族のために囲い込んだ猟場のことを指していた言葉だが、そのことに呼応するように、「その庭園はまったく素晴らしいもので、王侯にもふさわしいものだった」（4.2.1）と説明される。ここにもまた、様々な植物があり、しかも人が栽培したものと自生したものが共存している点が注目される（4.2.6）。やはり自然（フュシス）と人工（テクネー）の協調があるのである。人が栽培した樹としては林檎、銀梅花（ギンバイカ）、梨、石榴（ザクロ）、無花果（イチジク）、オリーブがあり、葡萄が巻きついている（4.2.2）。これはホメーロスの『オデュッセイア』第7歌112行以下に描かれるアルキノオス王の庭園を思い起こさせる。

　　　そこには丈（たけ）の高い果樹が勢いよく生えていた。西洋梨や石榴（ザクロ）、立派な実をつけた林檎、あるいは甘い無花果（イチジク）や繁り栄るオリーブと（第7歌114-116行）。

ここでも西洋梨、石榴（ザクロ）、林檎、無花果（イチジク）、オリーブがあり、少しあとの121行には葡萄の房も言及されることから、銀梅花を除いてすべてディオニューソファネースの庭園に描かれる果樹と同じである。ただし、銀梅花が愛の象徴であることを考えれば、この樹が新たに付け加えられた理由は明らかであろう。実際、『ダフニスとクロエー』

の中で、比喩を除いて銀梅花（ギンバイカ）が登場するのはフィレータースとディオニューソファネースの庭園という特別な空間と冬場にダフニスがクロエーの家近くに鳥を捕りに行く場面だけであることからも、銀梅花の愛の象徴としての役割が浮かび上がる。また、

> 実のなる樹は保護されているかのように内側にあり、外側には実をつけない樹が人手で築かれた柵のように取り囲んでいる（4.2.4）。

という表現からも、庭園が自然なのか人工なのかが曖昧な様が窺える。上述した樹に加え、栽培された花では薔薇やヒュアキントス、百合がある（4.2.6）。他方、自生した樹では糸杉や月桂樹、プラタナス、松にキヅタが巻きついている（4.2.3）。さらにスミレ、水仙、ルリハコベといった花もある（4.2.6）。「これら（＝木々）の本性（フュシス）が、人工のものであるかのように見えた（4.2.5）」と書かれており、ここでも自然（フュシス）と人工（テクネー）が混ざり合って、どちらがどちらかわからない状態になっているのである。

　庭園の中央にはディオニューソスの祠（ほこら）と祭壇がある（4.3.1）。祭壇はキヅタ、祠は葡萄で覆われている。中にはこの神にまつわる物語を描いた絵があって、その簡単な描写（エクフラシス）が展開される。（ディオニューソスを）産むセメレー、眠っているアリアドネー、縛られたリュクルーゴス、八つ裂きにされるペンテウス、征服されたインド人、

（イルカに）姿を変えられたテュレノイ人である。ディオニューソスの従者であるサテュロスたちやバッコス信女たち、パーンも描かれている。フィレータースの庭園とは違って鳥の歌声がなく、逆にこれらの絵の中に暴力的な要素が見られることは、不穏な空気を漂わせてもいるが、この直後にクロエーの求婚者の一人だったランピスが庭園の花壇を荒らすことや、それ以上にクロエーの結婚と処女喪失が近いことを暗示していると言える。木々に葡萄やキヅタが巻きついているのは、この庭園を支配するのがディオニューソスであることを示すが、そもそもこの庭園の所有者の名がディオニューソファネース（直訳すれば、ディオニューソスの顕現）であること自体、この神との深い関わりを示す。しかし、物語中でディオニューソスは幾度となく言及されるものの、ニンフたちやパーンのように、夢の中に姿を現したり、何らかの力を登場人物たちに発揮することはない。代わりに登場するのがエロースである。本来、ディオニューソスと密接な繋がりがあるパーンやニンフたちがこの田園ではエロースに従属していることや、すでに述べたように、エロースが原初的な力を持つ神として表されていることを考えれば、この物語の中ではエロースがディオニューソスと重ね合わされていると言っても過言ではない。

　その後、まずディオニューソファネースの息子アステュロス（名前が都市<ruby>アステュ</ruby>という語に由来していることに注意）と取り巻きのグナトーン[19)] が到着する。グナトーンは

美少年であるダフニスに欲情して言い寄るが、ダフニスには少年愛が理解できず、ここでも山羊や羊の交尾を例にして牡同士が絡むのは見たことがないと拒絶する。酔っ払ったグナトーンが力ずくで陵辱しようとしたので、ダフニスは彼を押し倒して逃げてしまう。つづいて土地の所有者ディオニューソファネースと妻のクレアリステーが到着する。

　クロエーは都市から大勢の人が来たのが恥ずかしくて森の中へ逃げるが、ダフニスの方は

　　　ふさふさした山羊皮を腰に巻き、新調した皮袋を肩にかけ、両手では一方には作り立てのチーズを、もう片方には乳を吸っている数頭の仔山羊を持って立っていた。かつてアポローンがラーオメドーンに仕えて牛を飼ったというが、それはまさにこの時のダフニスのようであったに違いない（4.14.1-2）。

と、ちょうど第2巻のフィレータースにも似た装いで現れる。その姿はゼウスに反逆した罰でトロイア王に牛飼いとして仕えた時のアポローンの姿に比されている。山羊たちは、ダフニスの世話のおかげで数が倍に増え、羊よりもよく肥えており、毛もふさふさして角も傷んでいない（4.14.3）。ここには放牧の究極の姿が見られる。

19）顎（グナトス）という語に由来する名を持つ食客。前4世紀のアテーナイの喜劇や、その影響を受けたローマ喜劇でもよく出て来る名前。

家畜が大幅に増え、肥え太る豊かな実りが、やはりダフニスには容易にもたらされている。クレアリステーの求めに応じてダフニスが 葦 笛 を袋から取り出すと、

> まず少し息を吹き込むと山羊たちは頭を上げて立ち止まった。それから牧畜の節を吹くと頭を下げて草を喰んだ。また澄んだ音を立てると、集まって坐りこんだ。さらに鋭い音を奏でると、狼がやって来た時のように森へ逃げ込んだ。しばらくして呼び戻す節を奏でると森から出て来てダフニスの足元に駆け寄って来るのだった（4.15.2-3）。

ダフニスの飼っている山羊たちは「人間の召使でも、これほど主人の命に従順なのを見たことがないくらい（4.15.4）」彼の 葦 笛 の音によく従い、自在に動き回るのである。

ダフニスとクロエーの認知

さて、グナトーンが庭園のディオニューソスの祠でアステュロスに泣きながらダフニスのことを懇願した結果、アステュロスは父親に願ってダフニスを召使として街に連れて帰り、グナトーンの恋人にすることを約束する。その会話を盗み聞きしたディオニューソファネースの伝令エウドロモスが憤慨して、そのことをダフニスとラモーンに伝えると、ラモーンはついにディオニューソファ

ネースにダフニスの素性を明かすことを決意する。最初はその話を疑った主人も形見の品々を見ると、ダフニスがかつて自分たちが捨てた子どもであり、アステュロスの弟であることが判明する（4.21–26）。こうした認知場面は、ホメーロスの『オデュッセイア』で20年ぶりに帰還したオデュッセウスの素性が判明する場面や、捨て子の認知という点ではソフォクレースの『オイディプース王』やエウリーピデースの『イオーン』といった前5世紀の悲劇でも知られている。しかし、ここでとりわけ関係が深いのは前4世紀頃のアッティカ新喜劇や、その影響を受けたローマ喜劇によく見られる、捨て子の実の親が形見の品によって思いがけず判明して、物語がハッピーエンドを迎えるパターンである。

　ディオニューソファネースの息子と判明したダフニスはこの土地の所有者となることになり、山羊飼いとして使っていた品々を奉納して犠牲式が行われる一方、クロエーはダフニスがもう自分のことを忘れてしまったのだと嘆く。そんな彼女を求婚者の一人だった牛飼いランピスが誘拐する。その知らせを聞いたダフニスが取り乱して庭園で一人嘆いていると、たまたまそれを耳にしたグナトーンが（ダフニスが主人の子だと判明して怖気（おじけ）づき、庭園のディオニューソスの祠に隠れていたのである）ランピスの小屋へ駆けつけ、クロエーを救出する。当初はダフニスに横恋慕してレイプさえしようとしたグナトーンだったが、ダフニスは彼を今や　恩　人（エウエルゲテース）（4.29.5）とし

て和解する。これは海賊からダフニスを救出する方法を教えて死んだドルコーンが、当初はクロエーに横恋慕して襲おうとすらしたものの、最後には 恩 人(エウエルゲテース) と呼ばれる（1.31.3）のと同じであり、またリュカイニオン同様、最初は都市から来てダフニスを脅(おびや)かす存在だったグナトーンも最後は逆に助けになってくれるのである。田園と都市の協調がここにも見られる。

　今度はクロエーの養父ドリュアースが打ち明け話をする番である（4.30-31）。ダフニス同様、クロエーが形見の品と共に捨てられていたことを話し、身内の探索をディオニューソファネースに依頼する。しかも「ひょっとするとダフニス様にお似合いということになるかも知れないので」（4.30.4）と抜け目なく申し添える。この言葉を聞いたディオニューソファネースがダフニスを見ると、息子が青ざめ、涙を流していることから恋心を察し、クロエーを呼び寄せて、将来の嫁としてクレアリステーにクロエーを着飾らせる。他方、ディオニューソファネースはダフニスにこっそりクロエーが 生 娘(きむすめ) かどうかを確認する。ダフニスの自制がここで役立ったとも言えるが、ダフニスはリュカイニオンから性の手ほどきを受けていながら、クロエーに関しては処女性が重視されるという男性優位社会の限界も垣間見える。ただし、これは物語構造上、重要な要素でもある（後述）。

　今や着飾った時にクロエーがどれほど美しいかがよ

くわかった。というのは、クロエーが衣装をつけ、
髪を結い、顔も洗って皆の前にあまりに美しく現れ
たので、ダフニスも彼女だとやっとわかったほどだ
った（4.32.1）。

ここで興味深いのはクロエーの美しさが、衣装や化粧に
よって都会風に着飾ることでいっそう引き立つことであ
る。ここにもまた田園と都市、自然（フュシス）と人工（テクネー）が相互に補完
し合う姿が見られるのだ。

結婚

　一行がダフニスとクロエーを連れてミテュレーネーの
街に戻り、結婚の準備を行っていると、ディオニューソ
ファネースが夢を見る。ニンフたちがエロースに二人の
結婚を認めるよう頼むと、エロースは「弓を外して箙（えびら）を
置いてから」（4.34.1）、ディオニューソファネースに上
流階級の人々をすべて招いて一人一人にクロエーの証拠
の品を見せ、それから祝婚歌を歌うように命じる夢であ
る。このダフニスの実父の夢は、物語冒頭で養父たちが
見た、ニンフたちがダフニスとクロエーを翼を持つ少年
（これもエロースだが、養父たちにはわからなかった）に委（ゆだ）
ね、少年が一本の矢で二人に触れて家畜の群れを世話さ
せるように命じた夢（1.7.2）と呼応している。
　夜が明けて盛大な宴会が準備され、クロエーの形見の
品が順に回されると、最後に年長のメガクレースがそれ

を認めて、クロエーの実父だと判明する。そして実はメガクレースも羊が自分を父親にしてくれる夢を見ていたことがわかる。実父たちが見た夢はどちらも、ダフニスとクロエーの結婚が間近であることを暗示している。こうしてダフニスもクロエーも都市の富裕者の子どもだということがわかり、無事結婚式を迎えることになる。物語はここに来て一種の貴種流離譚の趣を呈することになる。

　翌日の結婚式はダフニスとクロエーの希望に沿って再び田園に戻って執り行われるが（4.37‒38）、宴会には村人全員を招き、クロエーを攫ったランピスさえ許されて列席する。

　　　このような宴会なので、すべてが農民風、田園風であった。ある者が刈り入れの時に歌うようなものを唄えば、またある者は葡萄踏みの際の冗談を言う。フィレータースが葦笛を、ランピスが竪笛を吹いて、ドリュアースとラモーンが踊り、クロエーとダフニスは口づけを交わす。山羊たちもまるで自分たちもお祝いに加わるかのように近くで草を食んでいた（4.38.3‒4）。

ここで一旦、後日譚も簡潔に述べられ（4.39）、二人が一生の間ほとんどの時間、牧人風の暮らしを送ったことや男女の子どもに恵まれてフィロポイメーンとアゲレー

と名付けられ、自分たちと同じようにそれぞれ牝山羊と牝羊に育てさせたことが語られる。ただ、「ほとんど」ということは、裏返せば、時には都市でも生活したことを示唆している。さらに、ニンフの洞窟を飾って 絵 を奉納し、牧 人 エロースの祭壇と戦士パーンの祠を建立した。ここでエロースが牧人なのは彼が二人を「飼っていた」からであり、パーンが戦士なのはメーテュムナ軍からクロエーを救ってくれたからである。このニンフの洞窟に奉納した 絵 が、序文で語り手が見た 絵 だと考えれば[20]、物語全体は序文に回収されることになる。

結婚式当日に話は戻り、物語は二人の初夜の場面で終わる（図10）。

　　ダフニスとクロエーは裸になって一緒に横になると抱き合い、口づけをして、梟も及ばぬほど夜の間じゅう起きていた。ダフニスはリュカイニオンが教えてくれたことをいくらか試み、この時クロエーも初めて森で起こったことが、牧人の戯れだったことを知ったのである（4.40.3）。

ここで二人の初夜が「裸で一緒に寝る、抱擁、口づけ」とフィレータースの教え（2.7）とちょうど逆の順序で

20）ここで使われている語は複数形（エイコネス）で、序文は単数形（エイコーン）だという違いがあり、またエイコーン（εἰκών）は絵だけではなく、彫像も意味しうるが、序文の絵にも複数の場面が描かれており、物語の構成を考えれば、同じ絵だと考えるのが自然だろう。

図10　ダフニスとクロエーの初夜
出典：*Longus Daphnis & Chloé, Compositions de Raphaël Collin, Eaux-fortes de Champollion*. Paris: Editions Jules Tallandier. 1890.

言及されることで、物語が閉じることが示唆される。また、「牧人の戯れ」という言葉は、田園の要素（＝牧人の戯れ）に都市から来た女リュカイニオンの教え（3.15-19）や二人の実の親が都市の富裕な市民だといった都市の要素が加わることによって初めて、この結末がもたらされたことを示してもいる。クロエーはダフニスによって少女から妻になり、物語は大団円を迎えることになる。

第6章　『ダフニスとクロエー』の世界像

　最後に季節の移り変わりに沿って見て来た『ダフニス
とクロエー』の世界像についてまとめたい。まず、物語
の全体構造を図示してみよう（図11）。

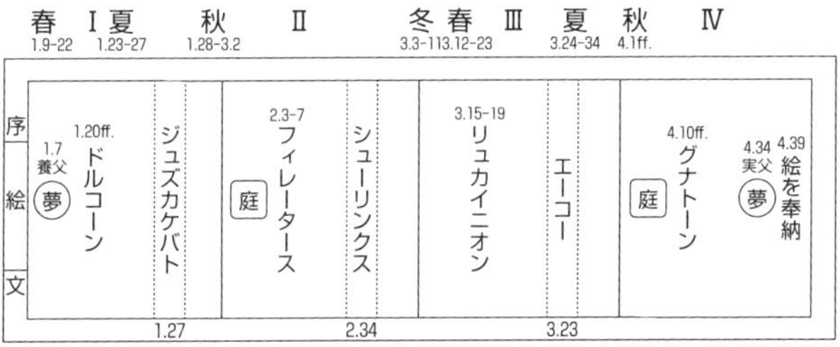

図11　『ダフニスとクロエー』の物語構造

この図からわかるのは、随所に呼応関係が散りばめられ
ていることである。四季の移り変わりはダフニスとクロ
エーの恋の進展と呼応しており、特に重要な実りの秋は
第2巻と第4巻全体を占めていることがわかる。一年
目の春に二人の恋が芽生え、夏に激しく燃え上がる。し
かしそれが一体何なのか二人にはまだわからない。秋に
なって牧人の長老フィレータースのおかげで恋という
言葉と意味を知る。冬は二人を家に閉じ込め、恋人たち

にとってもなかなか会えない厳しい季節となる。二年目の春が巡ってきて愛は再び燃え上がり、ダフニスはリュカイニオンから性の手ほどきを受ける。夏にはクロエーへの求婚がなされ、秋に結婚が成就して二人は精神的にも肉体的にも結ばれることになる。

　序文のニンフの洞窟の 絵 は全体を包み込んで、物語全体がいわば広義の意味での絵画描写になっていると言えるが、第4巻の最後でダフニスとクロエーが 絵 をニンフの洞窟に奉納することで、それが序文の絵だということがわかり、物語がきれいに閉じられている。第2巻と第4巻の冒頭にはそれぞれこの物語世界の特徴である自然と人工の調和を凝縮するようなフィレータースの庭とディオニューソファネースの庭園が配されている。第1巻〜第3巻のちょうど三分の二あたりでは、ジュズカケバト、シューリンクス、エーコーの三つの縁起譚が語られる（これについては後述する）。

　つづいて人物に目を移すと、前日譚で養父であるラモーンとドリュアースの夢の中にエロースが現れ、ダフニスとクロエーに同じ一本の矢で触れてから（1.7.2）、ダフニスの実父ディオニューソファネースの夢の中で、エロースが弓を外して箙を置くまで（4.34.1）が、いわばエロースがダフニスとクロエーを世話していた（飼っていた）期間である。重要な脇役に目を移すとやはり呼応関係があり、第1巻のドルコーンと第4巻のグナトーンは、最初クロエーとダフニスにそれぞれ横恋慕して襲

おうとするが失敗し、最後はダフニスとクロエーをそれぞれ救って恩人（エウェルゲテース）と呼ばれることになる。第1巻のドルコーンは狼皮を着てクロエーを待ち伏せるのに対して、第3巻の狼に由来する名を持つリュカイニオンはダフニスを誘惑する。第2巻のフィレータースは恋（エロース）という名をダフニスとクロエーに教え、第3巻のリュカイニオンはダフニスに性の手ほどきを施すことで、フィレータースとリュカイニオンが段階的に恋の技を教えることになる。また、第3巻のリュカイニオンと第4巻のグナトーンは共に都市の人間で最初はダフニスを性の対象として脅かすが、結果的には二人の恋の進展を助けることになる。

　物語の中でも特徴的なのが、田園と都市あるいは自然（本性）（フュシス）と人工（テクネー）の関係、ダフニスとクロエー二人の対称性、三つの縁起譚である。

田園と都市／自然（本性）（フュシス）と人工（テクネー）

　物語全体を通して田園と都市が相互補完的な関係にあることが一つの特徴であり、対立するのではなく、両者はむしろ均衡を保っている。その田園の内側でもさらに自然（本性）（フュシス）と人工（テクネー）が調和している様がここかしこに窺える。都市の要素はメーテュムナの若者や艦隊のように、時に田園を脅かすこともあるが、同時に田園だけでは足りない要素を補ってくれるのだ。

　田園の長老フィレータースは恋（エロース）という言葉を教えた

が、都市から来た女リュカイニオンの性の手ほどきがな
ければ、フィレータースの言う「裸で一緒に寝る」とい
う三つ目の恋に効く薬が具体的にどういうことか、ダフ
ニスにはわからないままであった。ここにも田園と都市
の補完関係がある。一方で、そのリュカイニオンの性の
手ほどきも最後はダフニスの本性（フュシス）が導いたことから、や
はり自然（フュシス）と人工（テクネー）の協調が見られる。メーテュムナから来
た若者たちはダフニスに狼藉を働くが、海に流された彼
らの 3,000 ドラクメーがダフニスのクロエーへの結納
金となることを考えると、ここでも都市の要素がダフニ
スを救っている。リュカイニオン同様、都市から来た食
客グナトーンも、最初はダフニスに欲情を抱くものの、
そのことがダフニスの素性がわかるきっかけとなり、さ
らにランピスに誘拐されたクロエーを救出するという決
定的な役割を果たす。さらにクロエーの美しさが化粧や
衣装で飾られることで、いっそう際立つことや、二人の
出自が明らかになって都市の富裕な市民の子どもである
ことが判明することを見ても、田園に加えて都市の要因
が備わらなければ、主人公たちはハッピーエンドに到達
しえないのである。
　田園では自然（フュシス）と人工（テクネー）の調和する様が繰り返し述べられ
ているが、とりわけそれが凝縮されているのが、フィレー
タースの庭とディオニューソファネースの庭園である。
林檎、銀梅花（ギンバイカ）、梨、石榴（ザクロ）、無花果（イチジク）、葡萄、薔薇、ヒュア
キントス、百合、スミレなど多くの植物が共通している

が、ここには自然と人工が渾然一体となった世界が現出し、エロースやディオニューソスといった神の介在すら感じられる。さらにこの庭園が locus amoenus（心地良い場所）の特徴である豊かな木々や花々、木蔭、泉に溢れ、序文のニンフの森の描写と共通する点が多いことも、この二つの庭園の重要性を示している。

二人の対称性

　二歳違いのダフニスとクロエーは形見の品と共に捨てられ、それぞれ牝山羊と牝羊に授乳されているのが発見される。順に恋に目覚め、恋煩いを病気と勘違いして独りごち、それぞれ海賊とメーテュムナ軍に攫われるなど、常に対称性・同等性が強調される。それが崩れるのは、リュカイニオンの手ほどきによってダフニスだけが性に関する知識を得て、クロエーに対して自制するようになった時である。当初はダフニスよりむしろ早熟だったクロエーとの立場はここで逆転する。しかしその後もお互いが都市の裕福な市民の子どもだと認知されるなど（ただし、今度はダフニスの出自が先に判明する）、その対称性はある程度、最後まで保たれている。

三つの縁起譚

　すでに個々には見てきたジュズカケバト、シューリンクス、エーコーの縁起譚は第1巻〜第3巻のそれぞれ三分の二ほどを過ぎた同じような位置に意図的に配置さ

れている。しかも登場する三人の乙女たちは、クロエー
との共通点が強調される。ジュズカケバトになる乙女は
クロエー同様（1.24.1）、松の冠をかぶっており（1.27.1）、
シューリンクスはクロエーによって演じられる（2.37.1‐
3）。エーコーはニンフに育てられたとあるが（3.23.2）、
クロエーもそうであることはダフニスの夢に現れたニン
フたちの言葉からも明らかである。

　　まだ赤子だったあの娘を憐んで、この洞窟で寝てい
　　た彼女を育てたのです（2.23.2）。

実際、第1巻冒頭の養父たちの夢に現れ、エロースに
ダフニスとクロエーを託すのもこのニンフたちであった
（1.7.2）。つづいて縁起譚の内容を比較すると、少年との
歌くらべに敗れて美しい声で歌うジュズカケバトに変身
した乙女（「パーンとピテュス」の悲恋を歌う）、パーンに
襲われそうになり、葦の茂みに姿を消したシューリンク
スに因んで作られた葦笛、パーンに気を狂わされた牧人
たちによって八つ裂きにされたが、声だけは木魂として
残ったエーコーと、すべて男性からの攻撃がきっかけで
乙女が変身することになるが、音楽だけは残ったという
点で共通しており、さらにエピソードの暴力の度合いが
徐々に激しくなっていることがわかる。それにもかかわ
らず、シューリンクスの縁起譚のあとにそれを演じてみ
せるダフニスとクロエーも、エーコーの縁起譚を語って

くれたダフニスに口づけをするクロエーもショッキングなはずの物語の暴力性には、まったく反応を示さない。他方、第4巻にはこのような縁起譚は出て来ないが、それはこの三つの縁起譚の暴力性の高まりが、クロエーが結婚して最後にダフニスによって初夜を迎え、少女から妻へと変わることを暗示しており、クロエーの物語がいわば縁起譚に取って代わっているからだと考えることができる。つまり入れ子構造になっている三つの縁起譚がクロエーの将来を予告しているのである。しかし、縁起譚の中の乙女たちとは逆に、クロエーが迎えるのは幸福な結末であり、それは縁起譚に現れるパーンの暴力性とは対照的に、恋物語中のパーンがクロエーをメーテュムナ軍から救出する頼れる存在であることとも呼応している。そして物語中に明示されているわけではないが、ダフニスとクロエーの成長を見守って来た三人のニンフたちが、実はこの縁起譚の三人の乙女たちであると考えれば、物語は綺麗に収まることになる。

　本論で四季の移り変わりと共に触れてきたその他の特徴についても簡単にまとめておきたい。三つの縁起譚もそうだが、四季折々の描写からは音楽に満ちた世界であることがわかる。鳥や蟬の歌声、蜜蜂の唸り、泉や川のせせらぎ、葦笛（シューリンクス）の響き、さらにはサッフォーやテオクリトスの詩をパラフレーズしたリズミカルな散文など、様々な形でその音楽性は表現されている。

他方、労働の辛さや不作への人々の嘆き、庭園の汚物を片付ける場面など、田園世界は必ずしも豊穣や美しさに満たされているばかりではない。養父たちの金目のものへの執着や現金さ、農作業の具体的な描写などからは人間臭さや生活臭も強く感じられる。狼が田園を荒らしたり、海賊やメーテュムナ軍の来襲と掠奪など、危険とも常に隣り合わせである。しかし、ダフニスとクロエーについては、まわりは果実の実りなど自然の恵みに満ちており、労働が苦痛ではなく楽しみであり、彼らの家畜だけは狼に襲われることもなく、よく肥えて増え、また冬には多くの鳥を容易に捕獲できるなど、田園の他の住人たちとは対照的である。

　さらにダフニスとクロエーとその家畜だけは海賊や敵軍に攫われても無傷のまま救出される。ここからは現実に近い本当らしい世界と、より理想的で非現実的な世界が共存する複雑な世界像が見えてくる。それを演出するのは神々の介在である。エロースやニンフたち、パーンは夢に現れ（エロースはフィレータースの庭にも現れる）、パーンの異象がメーテュムナ軍に攫われたクロエーを救い、ダフニスがニンフたちの指示に従って3,000ドラクメーの金袋を発見するなど、その効力は具体的に物語の主人公たちに影響を及ぼしている。葡萄の収穫や度々言及されるキヅタ、ディオニューソファネースの庭園とその中の祠からは、姿こそ現さないものの、ディオニューソスの存在も感じられる。とりわけ重要なのはエロー

スで、単に愛の神というだけではなく、原初的で何もの
をも征服し、あらゆるものを結びつける力を持った自然
全体を支配する神として物語の中でダフニスとクロエー
を世話している（飼っている）のである。

　はじめに私はダフニスとクロエーの物語が展開される
世界像について考察すると書いたが、ここに来て気づく
のは、二人の生活がすべてエロースに依存しているとい
うことである。というのも、エロースは恋物語という主
題だけでなく、二人が暮らす田園世界全体にまで影響を
及ぼしているからである。序文で語り手はニンフの森
で絵に描かれたヒストリアー・エロートス（ἱστορία
ἔρωτος）を見たと記しているが、この言葉が意味するの
は単に「恋（エロース）の物語」というだけでなく、「エロースによ
って作られた物語」であり、また「エロースの物語」で
もある。そしてこの世界をエロースが統（す）べ治め、この物
語においては自然がエロース自身であると言っても過言
でないことを考えれば、多義的な「エロースの物語」こ
そがすなわち、『ダフニスとクロエー』の世界像に他な
らない。つまり、これまで論じてきた物語が展開される
世界は、実はダフニスとクロエーの恋物語と表裏一体の
関係にあることがわかる。季節の巡りが二人の恋の進展
に対応している事実も、このことを裏付けるだろう。

　こうしてダフニスとクロエーの住む世界像は、結局の
ところ、ダフニスとクロエーの恋という主題そのものと
直接結びつくのである。そして、エロースが支配する世

界の中でエロースに仕える者だけが、言いかえれば、エロースの名を知り、互いに愛し合う者だけが、田園の中でも特別な世界を享受することができるのである。

　ただ、ダフニスとクロエーの恋の成就という点では、この物語はたしかにハッピーエンドだが、その後もほとんどの時間を田園で牧人風の生活を変えなかったとはいえ（4.39.1）、ダフニスとクロエーが都市の裕福な市民の子どもだとわかり、今や土地の所有者側になってしまったことは、彼らがもはや本当の意味では田園の住人ではなくなってしまったという一種のアイロニーを浮かび上がらせることになる。新たなものを得る時には、何かを失わなければならない。その理をこのアイロニーは示しているのかもしれない。

おわりに

『ダフニスとクロエー』については、古代の証言やパピルス断片が残っておらず、中世における言及もごく限られている。1529年[21]にフランス王フランソワ1世（在位1515-1547）のフォンテーヌブローの宮廷にジローラモ・フォンドゥーロがヴェネツィアで入手した写本が収められ、そこから直接ジャック・アミヨ（1513-1593）がフランス語訳（1559）したことが、その後の興隆に繋がり、各国語に訳されていくことになった。しかし、同じくアミヨが翻訳したヘーリオドーロス『エティオピア物語』（1547）がI.A.のイニシャルで、プルータルコス『対比列伝』（1559）が記名で、共に大きなフォリオ（二つ折）版で出版され、アミヨの生前から当時の知識人にもてはやされたのに対し、『ダフニスとクロエー』は匿名で小型の八つ折版で出版されていることから、アミヨ自身の作品への態度の違いも見受けられる。

実際、『ダフニスとクロエー』は決して出版直後から流行したのではなく、むしろヘーリオドーロス『エティオピア物語』やアキレウス・タティオス『レウキッペーとクレイトフォーン』といったイギリスのエリザベス朝ロマンスやフランスのバロック小説にも大きな影響を与

21）1539年という説もある。

えた古代ギリシア恋愛小説のブームとは入れ替わるように18世紀になってようやく古典としての地位を確立した。いわゆるロココ時代の田園趣味も相まって、美しい挿絵を伴ってアミヨ訳が繰り返し再版されるようになり、フランソワ・ブーシェらの絵画の主題にもなった。ジョゼフ・ボダン・ド・ボワモルティエがオペラ・バレ化し（1747）、ジャン＝ジャック・ルソーも晩年オペラ化しようとした。ルソーの友人ベルナルダン・ド・サン＝ピエールの『ポールとヴィルジニー』（1787）におけるフランス島（現在のモーリシャス島）を舞台とした幼なじみの純愛や自然描写にも『ダフニスとクロエー』の影響が見られる。19世紀初めには他のヴァチカン系統の写本では欠損している箇所が唯一残っている写本が、フィレンツェでポール＝ルイ・クーリエによって再発見され[22]、さらにその写本を彼がインクで汚してしまったことがヨーロッパ中に大スキャンダルを引き起こしたことから、再び脚光を浴びることとなった。アミヨ訳を補完して改訳したクーリエ訳はゲーテの愛読書となり、今日に至るまで度々再版されている。

　20世紀以降もボナール、マイヨール、シャガールらの挿絵本が次々と出版され、コレット『青い麦』（1922）

22）再発見と書いたのは、現存する記録から15世紀後半～16世紀半ばには、すでにフィレンツェの古典学者で詩人のアンジェロ・ポリツィアーノ（1454-1494）やパリの古典学者で印刷業者のアンリ・エティエンヌ（1528-1598）らがこの写本を見ていたと考えられるからである。

やラディゲ『肉体の悪魔』（1923）の中でも主人公たち
の恋愛の喩えとしてダフニスとクロエーが言及されてい
る。音楽ではオッフェンバックは『ダフニスとクロエ
ー』をオペレッタ化し（1860）、ディアギレフ率いるバ
レエ・リュスによってピエール・モントゥー指揮で初演
されたモーリス・ラヴェルのバレエ音楽（1912）は、現
在でも度々演奏されている（図12）。

　日本との関係では、1890年に出版されたクーリエ訳
『ダフニスとクロエー』の挿画をラファエル・コランが
描いていた頃（図3・図10）、日本の近代洋画の祖とな
る黒田清輝や久米桂一郎はパリでコランに師事してい
た[23]。三島由紀夫の『潮騒』（1954）には、主人公の新
治が恋とはどういうものかわからずに病気ではないかと
怖れる場面や、ヒロイン初江に横恋慕した安夫が水汲み
場で待ち伏せする場面など、明らかに『ダフニスとクロ
エー』を範とした場面がある。このように、『ダフニス
とクロエー』は、様々な形で現在に至るまで世界中で生
き続けているのである。

23）二人の日記や手紙に記述があり、さらに東京上野の黒田記念館（東
　京文化財研究所）には『ダフニスとクロエー』の挿絵のためのコランの
　オリジナルの素描が複数収蔵されている。

図12　マルク・シャガール「バレエ：ダフニスとクロエー」1969.
1959年6月3日のパリ・オペラ座でのラヴェル作曲『ダフニスとクロエー』
のバレエ公演は、シャガール自身が舞台装置と衣装を担当した。そのデ
ザイン画に基づくリトグラフ。
© ADAGP, Paris & JASPAR, Tokyo, 2022, Chagall®
G2762

文献案内

　残念ながら、『ダフニスとクロエー』に関して参照で
きる邦文文献はギリシア文学史の中などの短い記述を除
けばほとんどない。

　　ロンゴス作・松平千秋訳『ダフニスとクロエー』
　　（岩波文庫、1987）

が、解説も含めて一番詳しく、比較的手に入れやすい文
献である。ただし、現在は版元品切のようなので、古書
で入手する必要がある。なお、筆者も現在新訳を準備中
である。英語訳あるいは対訳本なら次のものが新しく、
手に入れやすい。

　　McCail, Ronald trans., 2002. Longus, *Daphnis and*
　　　Chloe. Oxford World's Classics.

　　Henderson, Jeffrey ed., 2009. Longus, *Daphnis and*
　　　Chloe / Xenophon of Ephesus, *Anthia and Habro-*
　　　comes. Loeb Classical Library 69.　希英対訳

　　Morales, Helen trans., 2011. *Greek Fiction: Callirhoe,*
　　　Daphnis and Chloe, Letters of Chion. Penguin Clas-
　　　sics.

　入手しやすい研究書としては、

　　Hunter, R.L., 1983. *A Study of Daphnis & Chloe*. Cam-
　　　bridge University Press.

がある。さらに、近年ようやくギリシア語原典への註釈

書が立て続けに出た。

Morgan, J.R. ed., 2004. Longus, *Daphnis and Chloe*. Aris & Phillips Classical Texts. 希英対訳

Bowie, Ewen ed., 2019. Longus, *Daphnis and Chloe*. Cambridge Greek and Latin Classics.

R.L. Hunter, J.R. Morgan の両氏は筆者の英国留学時代の恩師でもある。『ダフニスとクロエー』の受容史に関する書物として、次のようなものがある。

Barber, G. 1989. *Daphnis and Chloe: The Markets and Metamorphoses of an Unknown Bestseller*, London: The British Library. 書誌学的な受容史

Hardin, R.F. 2000. *Love in a Green Shade: Idyllic Romances Ancient to Modern*, Lincoln-London: University of Nebraska Press. 文学への影響としての受容史

また、関連する作品として、手前味噌ではあるが、ほぼ同時代の古代ギリシア恋愛小説

アキレウス・タティオス／中谷彩一郎訳『レウキッペとクレイトポン』（京都大学学術出版会、2008）

があり、ロンゴスと共通する時代背景や技法などについての解説も詳しく記されている。

刊行にあたって

　いま、「教養」やリベラル・アーツと呼ばれるものをどのように捉えるべきか、教養教育をいかなる理念のもとでどのような内容と手法をもって行うのがよいのかとの議論が各所で行われています。これは国民全体で考えるべき課題ではありますが、とりわけ教育機関の責任は重大でこの問いに絶えず答えてゆくことが急務となっています。慶應義塾では、義塾における教養教育の休むことのない構築と、その基盤にある「教養」というものについての抜本的検討を研究課題として、2002年7月に「慶應義塾大学教養研究センター」を発足させました。その主たる目的は、多分野・多領域にまたがる内外との交流を軸に、教養と教養教育のあり方に関する研究活動を推進して、未来を切り拓くための知の継承と発展に貢献しようとすることにあります。

　教養教育の目指すところが、単なる細切れの知識で身を鎧うことではないのは明らかです。人類の知的営為の歴史を振り返れば、その目的は、人が他者や世界と向き合ったときに生じる問題の多様な局面を、人類の過去に照らしつつ「今、ここで」という現下の状況のただなかで受け止め、それを複眼的な視野のもとで理解し深く思惟をめぐらせる能力を身につけ、各人各様の方法で自己表現を果たせる知力を養うことにあると考えられます。当センターではこのような認識を最小限の前提として、時代の変化に対応できる教養教育についての総合的かつ抜本的な踏査・研究活動を組織して、その研究成果を広く社会に発信し積極的な提言を行うことを責務として活動しています。

　もとより、教養教育を担う教員は、教育者であると同時に研究者であり、その学術研究の成果が絶えず教育の場にフィードバックされねばならないという意味で、両者は不即不離の関係にあります。今回の「教養研究センター選書」の刊行は、当センター所属の教員・研究者が、最新の研究成果の一端を、いわゆる学術論文とはことなる啓蒙的な切り口をもって、学生諸君をはじめとする読者にいち早く発信し、その新鮮な知の生成に立ち会う機会を提供することで、研究・教育相互の活性化を図ろうとする試みです。これによって、研究者と読者とが、より双方向的な関係を築きあげることが可能になるものと期待しています。なお、〈Mundus Scientiae〉はラテン語で、「知の世界」または「学の世界」の意味で用いました。

　読者諸氏の忌憚のないご批判・ご叱正をお願いする次第です。

慶應義塾大学教養研究センター所長

中谷彩一郎（なかたに さいいちろう）

慶應義塾大学文学部教授。1972年兵庫県生まれ。2001年ケンブリッジ大学古典学部修士課程修了後、2005年ウェールズ大学スウォンジー校古典学古代史エジプト学科博士課程修了。PhD（ウェールズ大学）。鹿児島県立短期大学文学科准教授などを経て現職。専門は西洋古典学、比較文学。ローマ帝政下のギリシア文学、とりわけ古代ギリシア恋愛小説について研究を重ねている。主要著作に、アキレウス・タティオス著『レウキッペとクレイトポン』（訳・解説、京都大学学術出版会、2008年）、『西洋古典学の明日へ　逸身喜一郎教授退職記念論文集』（共著、知泉書館、2010年）、*Cultural Crossroads in the Ancient Novel*, De Gruyter, 2018（共著）、『『英雄伝』の挑戦　新たなプルタルコス像に迫る』（共著、京都大学学術出版会、2019年）、*Some Organic Readings in Narrative, Ancient and Modern*, Barkhuis & Groningen University Library, 2019（共著）などがある。

慶應義塾大学教養研究センター選書22

『ダフニスとクロエー』の世界像
——古代ギリシアの恋物語

2022年3月31日　初版第1刷発行

著者―――――――中谷彩一郎
発行―――――――慶應義塾大学教養研究センター
　　　　　　　　代表者　小菅隼人
　　　　　　　　〒223-8521　横浜市港北区日吉4-1-1
　　　　　　　　TEL：045-563-1111
　　　　　　　　Email：lib-arts@adst.keio.ac.jp
　　　　　　　　http://lib-arts.hc.keio.ac.jp/
制作・販売所――慶應義塾大学出版会株式会社
　　　　　　　　〒108-8346　東京都港区三田2-19-30
装丁―――――――斎田啓子
印刷・製本―――株式会社 太平印刷社

©2022 Saiichiro Nakatani
Printed in Japan　ISBN978-4-7664-2813-1